[日] 江户川乱步 著
徐奕 译

海底魔术师

江户川乱步少年侦探系列

人民文学出版社
PEOPLE'S LITERATURE PUBLISHING HOUSE

图书在版编目(CIP)数据

海底魔术师/(日)江户川乱步著;徐奕译.—北京：人民文学出版社,2017
（江户川乱步少年侦探系列）
ISBN 978-7-02-012761-0

Ⅰ.①海… Ⅱ.①江… ②徐… Ⅲ.①儿童小说-侦探小说-日本-现代 Ⅳ.①I313.84

中国版本图书馆CIP数据核字(2017)第101042号

责任编辑　卜艳冰　王皎娇
装帧设计　汪佳诗

出版发行　人民文学出版社
社　　址　北京市朝内大街166号
邮政编码　100705
网　　址　http://www.rw-cn.com

印　　刷　山东德州新华印务有限责任公司
经　　销　全国新华书店等

开　　本　890毫米×1240毫米　1/32
印　　张　4.75
字　　数　60千字
版　　次　2017年7月北京第1版
印　　次　2017年7月第1次印刷

书　　号　978-7-02-012761-0
定　　价　28.00元

如有印装质量问题,请与本社图书销售中心调换。电话:010-65233595

目 录

沉船里的怪物 /1

铁人鱼 /9

小铁箱 /15

窗户上的脸 /22

怪物的去向 /27

大金块 /34

白昼的怪物 /39

游隼丸 /44

船舱里的尸骨 /51

怪物！怪物！ /56

鱼形潜艇 /59

海底大战 /63

明智侦探来了 /67

长着条形花纹的怪人 /72

螃蟹精 /77

散落的金块 /82

贤吉的危难 /89

洞穴里的古怪 /94

消失的鱼形潜艇 /100

明智侦探乔装 /105

赤身勇士 /112

洞穴里的监牢 /116

奇怪的少年 /124

怪兽的秘密 /129

巨人和怪人 /135

螃蟹精的下场 /142

—沉船里的怪物—

日东海难搜救公司的沉船打捞工作正在房总半岛东面的大户村洋面上进行着。沉船是东洋汽船公司的一千五百吨货轮"悠远丸"。一个月前的暴风雨之夜,悠远丸偏离了航线,撞上海里的礁石,船底撞破沉入大海。

为寻求打捞方案,接到打捞任务的搜救公司作业船行驶到悠远丸沉没的海域,派出两位潜水员深入海底调查沉船情况。两名潜水员身穿厚厚的橡胶潜水服,头戴圆形铁制面罩,脚踩装有重铅的潜水鞋,沿着作业船外侧的扶梯下到海面,吐出串串水泡潜入了蔚蓝的大海。从作业船放下的空气输送管和救生索随着他们的下潜而越伸越长。

大海深处有许多礁石群，大块的礁石自海底隆起，令人意外的是这片海域并不深，从海平面到海底仅三十米。

潜水员下到水深三十米处，周围已如黄昏般幽暗。他们佩戴着潜水电筒，电筒光线明亮，电线与救生索相连直通到作业船上。潜水员们打着电筒，拨开一人多高、随波摇摆的海带丛径直前行。前方隐约出现了一个巨大的黑色怪物，那就是沉没的货轮。两名潜水员从铁甲面罩后面一边缓缓拖着氧气管和救生索，一边朝沉船靠过去。就在他们头上的玻璃眼罩前方，各种小鱼游来游去。偶尔还有鲨鱼乘人不备钻出来，撞向玻璃眼罩。

两名潜水员来到沉船跟前，开始检查船体的受损情况。他们用电筒照明，在横卧的沉船边顺着船尾一步一步向船头走去。沉船好似一个搁在海底的大铁皮房子，他们沿着长长的"铁墙"前进。走了一会儿，先头的潜水员上下摇动电筒发出信号，说他已经找到沉船的受损部位。

船舱底部的一处铁板如巨人舌头般翻卷着，豁口大得可容两个人进出。海水瀑布似的从豁口涌向船舱，真让人无从下手。两名潜水员将电筒靠近豁口，打算测量一下豁口的大小，却发现有东西在豁口处一晃而过，起先他们以为是一条大鱼，其实不然。那东西的模样居然有点像人，而且还不是一般的人，它的脸大得有些超乎想象。

然而，这艘沉船里不应该还有尸体了，所有船员均已获救。况且刚才一晃而过的面孔也并非死人，而是一个活着的人，不，是一个类似人的怪物。潜水员们在海底遭遇过不少稀奇古怪的事，一般情况下他们并不害怕。可刚才那家伙着实奇怪，连胆大的潜水员们也不禁心生怯意。

他们俩站在原地不动，互相看了对方一眼。其中一位将右手放在电筒光线前晃了晃，他在以手势说话。虽然在他们的面罩里装备着电话，可随时与作业船上的工作人员通话，但潜水员之间没法使用。如果在他们的手里装设电线，那么通过握手也可以交流，可通常他们没有这样的装备。日本潜水员很早以前就精通潜水，当时还没有今天这样先进的潜水服，所以他们早已习惯通过打手势进行对话。就像聋哑人打手语一样，潜水员之间通过手势也能沟通。

"你害怕吗？"一个潜水员做出这样的手势。被问的一方怎么好意思承认自己胆怯，他打着手势回答道："谁怕了？进去瞧瞧。""你先进去。""不，你离洞口近，你先进。"两个人之所以互相谦让，实则是因为害怕。只是日本海难救助人员的勇气世界闻名，关系到日本救生员名誉的问题，大家谁都不愿轻言害怕。一旦他们因为害怕而逃跑的事被同行知道那非成笑柄不可。

"我们牵着手，一块儿进去。"

"嗯，可以。"

两名潜水员手牵手从船底的豁口钻了进去。里面是一间类似存放行李的大舱房，电筒的光线不够强，房间顶头还是黑漆漆的，看不清放了些什么。

两人跨过豁口,滑进船舱,踩着倾斜的舱底向船舱深处走去。船舱里散落着箱子和麻袋包,比较轻的行李被水浸得漂起来,贴到了天花板上,还有一些小物品轻轻漂浮在两个人的眼前。大大小小的鱼自由穿梭在行李和货物之间,当它们靠近电筒时,电筒光将它们身上的鱼鳞照得闪闪发亮,有金里带红的,也有银里带青的。

海底的两位都是资深潜水员,他们见过不少漂浮在船舱里的死尸,有的被水泡肿了,有的只剩下了骸骨,对那些恶心的东西他们早已见怪不怪。因此他们很清楚地知道刚才从洞口闪过的绝不是死人,当然也不是鱼,实在弄不清是个什么东西。一想到那家伙也许马上就会从舱内的货堆后边神不知鬼不觉地钻出来,这两位勇敢的潜水员也不禁后背发凉,心生恐惧。

可是他们并没有在船舱里发现什么古怪。墙上直通隔壁舱房的一扇门开着,门内就是机房。

"进机房看看吧。"

"好。"

两名潜水员打了个手势，进了门。

大型蒸汽机静静地沉在淤泥中，仿佛一具机器的尸骸。机器正常工作时生机勃勃，如今它死一般地沉寂着，倒叫人好生畏惧。他们俩朝机器的方向走了两三步，怪事发生了。原本"死去"的机器上某个部位竟然动了起来。

两名潜水员惊呆了，沉入海底已一个月之久的机器怎么可能发动呢？他们观察了一会儿，没想到机器上的一部分设备真的在工作。

看着看着，这部分设备脱离了机身，正一点点地向潜水员站着的方向移动。机器成精了。两名潜水员在面罩里惊得叫出了声，转身就跑。两个人双手划着水，发疯似的往外跑。这时他们看清了妖怪的模样，长相实在太吓人了，简直就是一台活着的机器，不，是一个类似机器的生物。它有一个脑袋两只手，身后还拖着一条鳄鱼似的尾巴，而且全是铁制的。

黑咕隆咚的铁头大小是普通人的两倍，差不多和潜水员戴的面罩一样大，双眼大而深陷，在海底的幽暗中闪闪发光。一张大口咧到耳边，里面长着尖锐的牙齿。怪物挥动着铁棒似的双手，做出叫人"过来"的手势，铁手指类似鹰的利爪。身体和尾巴似乎也都是铁制的，从后背到尾部长着既似鸡冠又像鬃毛的突出锯齿。总之这怪物有如人与鳄鱼的混合体，而且整个身体都由钢铁制成，说不出有多奇怪。

两名潜水员失魂落魄地逃出舱底的豁口就立刻用面罩里的电话向作业船上的人员呼叫："出事了，快，快把我们拉上去。"

两名潜水员回到作业船上，将怪物的事讲述了一遍，大家都暗暗吃惊。第二天海上自卫队便出动支援，展开了海底的大搜索。可他们在沉船中找了半天，也没有发现怪物的踪影。最后大家只能认定是两名潜水员在海底出现了幻觉。

"那怎么能是幻觉呢？我可不承认。我们都清清楚楚地看见了那家伙的样貌。如果是幻觉，怎么可能两个人同时出现幻觉？"无论他们怎么争辩，也没有人相信他们的话。于是两名潜水员决定再下潜一次，亲自寻找。然而这一次他们把沉船翻了个遍，也没有发现怪物的踪迹。

铁人鱼

最近几天,在潜水作业附近水域的大户村发生了一件令人匪夷所思的事情。

大户村是一个渔民集中的偏僻村庄,村子里住着一个名叫真田一郎的少年,他也是村中渔民的儿子。他父亲有一艘带发动机的渔轮,捕鱼技术在村中堪称一流。一郎是镇上中学的初一学生,他梦想着长大以后超过父亲,能成为一名去远洋捕鱼的优秀渔夫。为此他已经决定以后要进专业学校学习了。

一郎就是这么一个孩子。他从心底喜欢着大海,水性也不错,轻轻松松就能游个四公里。每到放假,他最开心的事就是乘上渔船,和父亲一起出海打鱼。平时没法登船也不能游泳的时候，他每天都会去村尾最高的礁石上眺望太平洋。他就这样一个人静静地坐在礁石顶上，双手托着下巴，长久地望着海面。在他眼里，那一望无际一直可以延伸到美洲大陆的大海是任何风景都无法比拟的。即使是同一片海域，它的风光每时每刻也不尽相同。大海平静时有如一面镜子，遇到暴风雨时又惊涛拍岸，咆哮不止。在晨曦里、暮色中，大海被霞光染得通红；满月的夜色笼罩下的大海又银光闪闪。一时一景，大海之美令人陶醉。

　　那天傍晚，一郎放学回家，做好了要紧的功课，就照例跑出家门，爬上礁石，坐在最高处凝视着母亲般温柔的大海。不一会儿，天空中垂挂的长云变成了黄色，慢慢又染成了红色，就像是彩色玻璃一样红彤彤的。这抹红紧接着又晕红了广阔的海面。极目所见海水像调开了的水彩颜料似的，绚烂地闪着光亮。调转视线再看看圆盘似的红太阳，它正一点点地躲向山后。

就在这时，一郎低头看了看礁石脚下的海滩，那片岩石上有一个黑魆魆的奇怪物体正在蠕动。一郎吃了一惊，又定睛看了看。因为岩石距离海岸大约有二十米，他看不清具体的细节，但可以肯定有一个以前从没见到过的物体正蹲伏在岩石上。

"哇，是一个黑色的人鱼。"一郎不禁叫出声来。那家伙就像是在鱼尾巴上长出了一个人的身体，浑身黑乎乎的，凹凸不平，但样子跟画上见过的人鱼十分相似。画上的人鱼是一个在有鱼鳞的鱼尾上长着漂亮裸体的美女，长长的黑发垂在背上。而眼下的这个人鱼全身发黑，好像是铁打的，四四方方非常结实。此外，它的鱼尾也并非闪着银色的鳞光，而更像是鳄鱼的尾巴，又硬又吓人。

一郎坚信现实中不可能有人鱼存在，现在他居然看见一个不可能存在的人鱼，并且是钢铁做的人鱼，就在他眼下的岩石上蠕动，他不得不怀疑自己的眼睛是否出了问题。难道是脑袋出毛病了吗？他越想越害怕。

可一郎毕竟是一个勇敢的少年，不是一个一看到怪物就逃跑的胆小鬼。相反的，他决定走近一些，去把那个东西的真相搞清楚。他抄近路下了礁石，躲在海滩上一个隧道似的岩石后边，向怪物张望，与怪物栖身的岩石相距不过十米。

太阳已经下山，天空呈现一片灰色，大海也黑漆漆的。白色的浪涛猛烈地拍打着岩石林立的海滩。黑铁似的怪物就在其中的一块岩石上静静地待着，脸朝着和一郎相反的方向。从相距十米的地方看这个怪物，它的样子的确恐怖。它背上那些鸡冠似的东西，就像一排突出的利剑，巨大的尾巴和鳄鱼一样，一动就发出咔嗒咔嗒的响声。

一郎的呼吸急促起来。这吓人的怪物是生活在太平洋里的吗？据说在深深的海底栖息着连动物学家也不熟悉的怪物，难道就是这种怪物突然出现在了日本的海岸上？就在一郎竭力控制着自己急促的心跳，思考种种问题的时候，怪物的身体动了起来。它突然转向了一郎这边。一郎觉得自己的心都快要跳到嗓子眼了。天啊，怪物的脸，一郎大概一辈子都不会忘掉。它背上尖尖的鸡冠一直排到头上，两只眼睛像两个深陷的大洞，闪着幽幽的蓝光，一张大嘴咧到耳边，利齿自双唇间龇出。

一郎看到这个情形立刻朝岩石后躲了躲，却已经被怪物发觉了。"嚓、嚓、嚓"，对方发出钢铁摩擦时才会产生的难听声音。一郎后来才知道这是怪物的笑声。

"别躲了，我已经看见你了。出来，然后好好地听我说。"怪物说。这个海底的妖怪居然会说日语，不过发音十分含糊，到底是钢铁摩擦产生的声音，不仔细听还真听不懂。一郎感觉自己要完蛋了。他估计怪物会把他抓到海底去，于是大着胆子从岩石后走了出来，瞪大眼睛盯着对方。

"你好勇敢啊，是个棒小伙，你一定能把我说的话带到。好吧，你听着。我是住在海底的妖魔，我不会到你们村里来了。但是整个日本将会发生大骚乱，因为我马上就要开始动手了。你就跟大家这么说，说海底的妖魔就要登陆日本了，听懂了吗？"紧接着钢铁摩擦出的笑声又响起来，转眼间只听见扑通一声，怪物不见了，它跳进了波涛汹涌的大海。

— 小铁箱 —

话分两头,再说东京这边发生的事,事情就发生在大户村发现了铁人鱼后的第十天。

有位家住世田谷区的初二学生,名字叫宫田贤吉。一天晚上他从朋友家回去,为抄近路走进了神社的树林中。树林外面是条僻静的马路,天一黑就没有了行人。倘是寻常的孩子准会害怕,可宫田贤吉是少年侦探团的成员,独自行走在黑暗的树林里反而让他感到格外有趣。

神社的树林占地广阔,大树林立,枝繁叶茂遮住了整片天空,即使白天光线也十分昏暗,到了夜晚更是连星星也看不见,漆黑一片。虽然街道上有一些路灯,但灯光被树叶遮挡,照不了很远。昏暗中，路边的几处石灯笼看上去就像几个秃头妖怪似的，阴气十足。

贤吉吹着口哨快步走着，当他走进树林中央却隐约听见周围除了自己的脚步声以外还有其他人的声音。他暗自吃惊，停下口哨，侧耳细听，果然听见了另一个人的脚步声。这绝对不是自己的脚步在树林里产生的回声。另一个人的脚步声很急促，像是在跑。

贤吉试着站住不动，可那急促的脚步声仍在继续，应该是有人从他身后跑了上来。

他回过头去看了看，只见一个黑影从两个石灯笼之间朝着自己冲了过来，是个成年人。也许是坏人，也可能是追着贤吉准备抢些钱财的人。

"喂，叫你呢。我有事麻烦你，很重要的事，你听我说啊。"一个气喘吁吁的声音传来。

"是叫我吗？"

"是，就是叫你。有坏人在追我，这个东西托你保管一下，它比我的生命还宝贵。你家就在附近吧？"

"嗯，就在附近。"

"好，那你把它带回去，藏在家里不会被人发现的地方。这箱子里封存着天大的秘密。那些坏人为了窃取这里面的秘密也许会杀了我，万一我死了，你就把箱子扔到河里去。不过只要我没死，你千万不能扔掉它，我一定会来找你的。我来之前，你一定要把它藏在没人知道的地方。听明白了吗？这东西比我的命还重要，明白吗？"

黑暗中他们说着话，贤吉模糊地看到了男人的长相。他穿着一件皱巴巴的黑西装，脏兮兮的。年龄五十朝上，脸上长着皱纹，胡子拉碴的。看样子他不是故意在蓄胡子，而是很多天没有刮了。两鬓因为长满胡子而显得黑黢黢的。这位相貌丑陋的男人用两只手小心翼翼地将箱子递了过来。贤吉不知道是否应该接下，正犹豫不决没有作声。男人却频频回头看着身后，说："快，快接住呀。坏人正在追我，兴许马上就要追到这儿来了，被他们追来可就糟了,他们正在找这个箱子呢。快,快点。"男人说着又往身后看了看,他似乎听到了什么,惊呼一声:"来了,他们来了,糟糕。拜托你了,拿着它,把它藏好,千万不能让坏人得到它。快,接着。然后躲到那棵大树后面去。千万别跑,对方是大人,你一跑肯定会被抓住的。明白了吗?"

说话间箱子就到了贤吉的手上。箱子是铁制的,尽管不大却非常沉。男人猛地推了他一把,贤吉不由得跟跟跄跄地躲到了一棵大树的背后。树后面一点灯光也照不到,黑漆漆的,坏人绝对发现不了。

男人看到贤吉已经藏好,就立刻跑开。他看上去已经很疲惫了,跑得并不快。而他身后传来的脚步声却气势汹汹,速度快得惊人。

贤吉躲在树后向外观看,只见一个年轻男子风一般地跑了过来,他身上穿一件花哨的条纹西装,样子有点像社会上的混混。他紧紧地追赶着逃跑的男人。

"站住！我不会放过你的，我知道你把铁箱子拿走了。快，交出来。"听见小混混毫不客气的怒吼声，五十岁的男人软弱地回答道："我不知道什么箱子。你看，我手上什么也没有。"小混混将男人身上搜了个遍，但箱子早交给贤吉了，他当然一无所获。

"你一定是藏起来了，快说，藏哪儿了？不说实话，可要吃苦头的。"小混混把男人的双手反剪到背后。可男人不但一个字也没说，反而拼尽全力猛地甩开了那双手，并揪住了混混。

激烈的打斗开始了。黑暗中他们俩扭打在一起，倒在地上，又起来，一会儿上一会儿下，两个人滚成一团。然而男人毕竟敌不过混混，不一会儿就被按倒在地，嘴里发出痛苦的呻吟。小混混骑在男人身上，两手掐住他的脖子。男人大概要被掐死了，他瘫软在地上，发不出一点声音。

贤吉很想从树后冲出来，帮男人一把，可他绝不是小混混的对手，相反还有可能把箱子弄丢。如果箱子丢了可就没法交代了。这可是那男人哪怕丢了性命也要保护的箱子呀，无论如何都不能把箱子交给小混混。贤吉的脑筋飞快地转动着，就在他犹豫不决之际，小混混已经松开了手站了起来。

"先饶你一命。在找到箱子之前，如果不保住你的性命恐怕老大也不会饶了我。我先回去跟老大商量一下，回头再找你算账。总之这个铁箱子我势在必得，你给我记住了。"小混混说完走了。贤吉担心他是不是假装走开，而实际上却是躲在附近某个地方，所以藏在树后又观察了一会儿。没有发现什么异常，看来小混混真的走了。贤吉这时才小心翼翼地从树后走出来，走到躺在地上的男人身旁。男人好像死了似的，贤吉看看他的脸，拍了几下，他才睁开眼，痛苦不堪地说："哦，是你啊。我受伤了，快不行了。箱子交给你了。如果我死了就把它扔到河里。到时候警察肯定会出面，不过箱子的事你一个字也不能说。我不想让警察知道，也别告诉你家里的人。我什么坏事也没干，我不会给你添麻烦的。你听明白了吗？拜托了。"男人说完这话已经筋疲力尽，他重新闭上了眼睛，瘫在地上。

　　贤吉觉得这个问题他无法独自解决，就飞快地冲出树林，一口气跑回家，将发生的事情告诉了父亲。他把铁箱藏在了自己房中书箱的抽屉里，这事他跟父亲一个字也没提。父亲报了警，然后跟着贤吉一起向树林走去。

—窗户上的脸—

将小铁箱托付给贤吉的那个五十岁左右的男人,四五天后死在了警察医院里。据调查,他曾当过水手,居无定所且孤身一人。警察将他送进医院抢救,可他原本身体就弱终于没能救活。男人已死,按照他们的约定,贤吉必须将小铁箱扔进河里。然而一想到箱子里可能藏着天大的秘密,贤吉便无法下决心扔掉它。他想偷偷留下这个箱子,自己去寻找箱子里的秘密。虽然这有违当初他们的约定,但他还是决定暂且留下箱子。

铁箱长十五厘米,宽九厘米,厚度在六厘米左右,箱上有藤蔓图案的雕刻,是一个黑色铁皮箱子。箱子上没有接缝,不知道该如何打开。为知道箱内装着什么，贤吉把它抱起来试着摇晃了几下，可箱内一点动静也没有。贤吉觉得箱子里可能装着价值连城的宝贝，如果莽撞地砸开反而得不偿失。为了将来能仔细检查这个箱子，必须先把它藏到一个别人找不到的地方。贤吉想来想去决定把它藏在院里假山的石头下面。于是树林里发生打斗的那个晚上，他趁大家都睡熟以后，悄悄地从窗口溜了出去，用玩具铁锹在石头底下挖了个坑，把箱子放了进去。

　　接到男人在医院死亡消息的那天，晚上贤吉还搬开石头检查了一下箱子，铁箱仍在老地方。让贤吉感到不安的是树林里发生打斗之后，他回到家发现自己上衣口袋里的小刀不见了。刀是用来削铅笔的。他躲在树后看打斗时，手里一直情不自禁地握着那把刀。他并没打算用那把刀去对付小混混，只是手很自然地握在刀上。他记得之后自己把刀又放回了上衣口袋，可能当时太慌张，不小心把刀弄丢了吧。

刀的外侧贴着鹿角，让贤吉感到担忧的是鹿角表面刻着他名字的英文缩写 K. MIYATA。万一刀被别有用心的人捡到，那他藏铁箱的事就有可能暴露。第二天白天他回到树林里仔细找寻了一遍，小刀仍旧下落不明。难道被后来赶来的小混混捡走了吗？贤吉对此深感不安。

男人死在医院后差不多又过了半个月。那天晚上，贤吉正在书房的桌前做作业，时间已经是夜里九点了。那天傍晚贤吉趁没人注意，又去假山石头下检查了铁箱，确定铁箱仍安然无恙，才放心回来做作业。照他的判断，小刀应该没有被坏人捡走。因为事情已经过去十五天了，贤吉身边并没发生什么异常，他想事情应该就此平息了。

然而，事实并非如此。

就在贤吉遇到了些作业上的难题，放下笔眼睛盯着前方认真思索的时候，他突然感觉眼前模模糊糊的有个东西在移动。贤吉吃了一惊，集中精力又往那个方向看了一眼。

书桌对面是一扇玻璃窗，因为没拉窗帘他在室内能看见窗外漆黑的院子。就在漆黑的院子里有一个同样漆黑的东西隐隐约约地在活动。因为都是黑色的，他分辨不出究竟是个什么东西，可以确定的是外面的确有东西。起先他觉得应该是人，可若是人的话，脸应该是白色的，那东西不像是人。它不是人，身材却和人差不多。

贤吉一下子感到后背发凉。

那黑色的东西正朝贤吉走来，马上就要靠近窗玻璃了。形状已大致可见，那是个至今为止从没见过的可怕家伙。贤吉心头一紧，感觉一颗心都要跳出嗓子眼了。那家伙此时把脸贴上了窗玻璃，正盯着贤吉看呢。

那家伙的额头下方如大猩猩般深陷，凹陷处两只眼睛闪着磷火般的蓝光。嘴巴咧到耳边，两颗利齿从唇边突出来。这不是一张人的面孔，也不是动物的。真是一个莫名其妙的家伙。他整张脸就跟钢铁似的又黑又亮。

贤吉想过要逃跑，可是被两只磷火般闪烁的眼睛紧紧盯着，他就像被蛇盯住的青蛙一样，完全不能动弹，只能一味坐在椅子上，一动不动。此后发生的事更为恐怖。怪物在屋外打开了升降窗，窗户已经被从下到上一点点打开。贤吉还是全身无力，就像被绑在了椅子上，整个身体动弹不得。而且眼睛被怪物死死地盯着，他不想看却无法移开视线。

窗户一点一点、一点一点向上打开，开到大约四十厘米左右，怪物把脸伸进了窗内。他的两只眼睛就像两团燃烧的青色火焰，头顶上长着一排可怕的尖锐鸡冠，那张嘴……那张咧到耳边的嘴巴，新月般地张开，发出"嚓，嚓，嚓"的笑声，就跟钢铁互相摩擦时发出的声音一样。

—怪物的去向—

贤吉不禁大声呼叫，从椅子上站了起来，就在他准备逃跑的瞬间，突然脑袋一沉，眼前一片漆黑失去了意识。

"好像有动静。"贤吉的父亲从里屋来到起居室。

"好像是贤吉房里的声音。出什么事了吗？你去看一下吧。"母亲也不安地站了起来。

"我去看看。户田君，你也一起来吧。"父亲带着正在走廊上的学生户田急匆匆地朝贤吉的书房走去。

"小贤，出什么事了吗？"父亲在门外叫了两声，可屋里没有回应，只听见屋里传来咕咚咕咚的奇怪声响。"谁在里面?"户田低吼了一声就去开门,没想到门从里面反锁了。"怪了,小贤从不锁门的呀。起居室还有一把钥匙,我去取。"户田说完跑回了起居室,不一会儿又折了回来,他用钥匙打开门。

两人朝屋内看了一眼,不约而同地轻呼起来。

贤吉倒在地上。书柜和抽屉都打开着,里面的东西统统落在了地板上。父亲赶忙跑到贤吉身边抱起他,嘴里一边叫着"小贤,小贤",一边晃动贤吉的身体。贤吉这才缓过神来睁开了眼,一把抓紧了父亲。

"怎么了?究竟发生什么事了?"父亲看着凌乱不堪的屋子和大开着的窗户,疑惑地问。

贤吉紧紧抓着父亲,环视了一下周围,发现刚才那个可怕的家伙已经不见了。

"有妖怪从窗口进来了。身上长着鳞片,牙齿锋利,好可怕。我以为它会吃了我。现在一定又从窗户那儿出去了,大概还在院子里吧。"贤吉一边发抖一边说。父亲不相信这个世界上会有妖怪，他怀疑贤吉是做了噩梦或者产生了幻觉。不过看到屋内被翻得七零八落，又觉得无法理解。父亲走到大开的窗户旁边，看了看黑漆漆的院子，院里并没有什么可疑的地方。"咦？"父亲突然发现窗边有奇怪的抓痕，那痕迹很新，像是被五个又大又尖的指甲抓挠出来的痕迹。

"喂，户田君，你看这个抓痕，像不像是动物的利爪留下的？"

"是啊，今天早上还没有呢。莫非真的是有什么怪物进来了？"户田也显出惊奇的神色。

"我们上外头看看，说不定会有脚印，你把手电拿过来。"

贤吉抱紧了刚赶来询问情况的母亲，在母亲怀里瑟瑟发抖。父亲和户田出了房门，绕到了院子里。他们用手电检查了一下院里的情形，在泥土松软的地方果然发现了几处可怕的怪物脚印。从样子上看，那只能是巨大动物留下的锋利爪印。

看到这样有力的证据，父亲再也不能保持沉默了，他赶忙给警察局打了电话，报告了事情的来龙去脉。

警察接到报案也感觉事情蹊跷，不过贤吉的父亲是大公司的高层领导，是城里有名的实业家，没理由信口开河，于是三名警察发动汽车向贤吉家驶去。他们仔细地检查了室内和院里的情况，除了窗上的抓痕和院里的脚印，没有新的发现。警察决定去房子外围检查一下，他们在围墙外面的昏暗道路上走着，只见对面飞快地跑来一个男人。男人奔跑的速度非常快，好像身后有人在追他似的。

"怎么回事？"警察觉得可疑，叫住了男人，男人在三名警察面前停了下来。

"啊，是警察啊。出事了，一个可怕的家伙从窨井盖下面钻了出来。"男人喘着粗气，还准备继续跑。这位年轻人大概是附近商店的员工，身上还穿着睡衣。

"你究竟看到了什么？"

"妖怪啊。"

听他这么说，警察们感觉也许他碰到的就是袭击贤吉的怪物，赶忙对他进行询问："那个窨井在哪儿？"

"那边，街拐角的地方。"

警察们听到这儿，轻声叫了声"好"，立刻就向街角奔去。他们转过弯就看到了窨井，窨井并没什么特别，上面好好地盖着铁盖子。警察向战战兢兢跟在身后的年轻人问明了情况，只见他怯怯地指着盖子说："就是这儿。盖子轻轻地被顶开，一个可怕的怪物就从里面钻了出来。"

"你见到的那个怪物长什么样？"

"嘴里长着獠牙，身上有鳞片，眼睛闪着磷火一样的光。"

果然是它，袭击了贤吉的那个家伙。

"也许它不是从窨井里出来，而是躲到窨井里去。"一名警察不悦地看着眼前的窨井盖说。

"好，那我就检查检查，你们来帮个忙。你把枪拿出来，做好准备，万一发现危险立刻开枪。"三人中资格较老的一位警官说着打开了手电，在窨井盖旁蹲了下来，另一个警官跟在他身边帮忙，还有一位从腰间拔出手枪，做好了随时射击的准备。

"好了吗？"两位警察一道使劲，搬开了窨井盖，将它移放在一旁。洞内一片漆黑，他们用手电朝里面照了照。钢铁怪物就蜷在里面吗？不，不是的，窨井里面空空荡荡的，警察大失所望。

"怎么搞的，什么都没有啊。"

这是一个下水通道，下水管很细，怪物不可能顺着水溜走。

难道怪物先藏身在窨井里，然后又逃走了吗？刚才那人看见的的确是怪物钻出窨井的样子？

那人和贤吉看到的是同一个怪物。有两个目击者说明这事绝不可能是梦或者幻觉，因此不能置之不理了。于是，警察向警察总署打电话汇报了案情，又由总署通知了警视厅。

此后骚乱的影响更大了。现场来了三辆警车，警视厅和总署也来了好几辆汽车，另外还有记者。贤吉家成了临时的搜查总部，房前停了十几辆汽车，附近的居民也因为好奇聚集到门前，家门口一下子人头攒动起来。

十几位警察展开了大搜捕。贤吉家附近的住户逐一受到了排查，路上还有警车巡逻，警戒线也拉起来了。警察在房子周围布下天罗地网，连一只蚂蚁也不放过。但是，直到第二天清晨，依然没有任何发现。铁人鱼就像是烟似的消失了。

第二天报上登满了有关铁鳞怪物的消息，还配发了贤吉家窗户上的抓痕和院中脚印的照片。全日本的国民读到这篇报道后都人心惶惶，大家都聚在一起讨论怪物的话题。

— 大 金 块 —

　　第二天早上,贤吉等到警察们都撤走以后,悄悄地进了院子。他要检查一下藏在石头下面的那只小铁箱,他十分担心小铁箱会不会已经被怪物取走了。他搬开作为标记的大石头,朝下面看了看,谢天谢地,铁箱还在,原封不动地在原地放着。贤吉心想自己不能再这样把箱子藏着了。他取出了箱子,飞奔回家,把它交给了父亲。同时,他向父亲详细叙述了那天晚上在神社小树林里发生的打斗,那个满脸胡子脏兮兮的男人将箱子托付给了自己,以及男人交代如果他死了就把箱子丢进河里的事情。可男人在医院死亡之后贤吉却下不了决心扔掉箱子,反而把它藏在了院子里的石头下面。

父亲接过箱子想打开，可是行不通。学生户田也试了试，同样打不开。

就在这时，贤吉好像想起了什么似的，高声叫起来："有办法了。我把箱子带到明智侦探事务所去，给我们少年侦探团的小林团长看看吧。有明智侦探的帮助，一定能找出箱子里的秘密。"

"好主意，让户田陪你去，坐我们家的那辆包车。有户田和司机两个保镖陪着你，应该不会出事，况且现在又是大白天。"父亲同意了贤吉的意见，给明智侦探事务所挂了电话，得知明智侦探和小林都在所里。于是他们叫来了包租的汽车，贤吉小心翼翼地捧着铁箱，在户田的陪同下一起坐进了车里。

他们一行刚到事务所，小林就迎了出来，将两位领进了会客室。他听贤吉介绍了情况，接过箱子摆弄了一阵，仍无从下手。

"你们请稍等，我让明智先生看看这个箱子。"说着小林拿着箱子出了房门，大约十分钟后又和明智先生一起笑眯眯地折回来了。

"先生不费吹灰之力就打开了。看，就这样。这箱子跟拼花宝箱的工艺一样，按住藤蔓花纹，这边就开了。然后，再按这儿，嗯，同样的方法重复两三次，就全部打开了。不过，还有比这更重要的事，箱子里竟装着价值几十亿的宝贝呢。"听小林这么说大家都吃了一惊。明智侦探坐了下来，微笑着说："是这样的。这箱子里装着三份封好的文件。一份是一位名叫福永的远洋轮'大洋丸'船长的遗书。一份是纪伊半岛南边的海路图，还有一份是保险公司的证书。"说完明智侦探拿出了几份文件给大家看。

"船长的遗书写得比较难懂。简单说，就是二十年前，在纪伊半岛潮岬海域，大洋丸遇到暴风沉没了。那次正赶上几十年不遇的大风暴，大洋丸用无线电呼救后，海岸救护也没法派出救援船只，因此大量的乘客和水手在海难中丧生。靠着漂流的小船，仅剩的十几个船员漂到了岸边。其中一个就是福永船长。光救出自己的性命，这样的船长也算不上英雄吧。大洋丸用无线电呼救时，不用说肯定报告了自己的方位。按照福永船长遗书中说的,那时他也乱了手脚,错报了经度,他把错误的经度报告给了无线电工程师。此后大洋丸就成了一艘沉没在完全不相干海域的船。保险公司在向船公司付完保险金之后,到沉船地点打捞,因为那里海水实在太深,别说沉船就连行李都打捞不上来,这事就此不了了之。一年之后,船长才发现自己错报了沉船位置。这一点有些蹊跷,也许他是故意装着没觉察到。又过了一年,船长从保险公司买回了大洋丸的所有权,那时他花了二十几万,换成现在的市价应该是一亿左右。他花钱将沉船变成了自己的东西。保险公司一定是考虑到这船反正打捞不上来,就便宜出手了。可船长为什么愿意花重金买下这艘无法打捞的船呢?因为船上装着很多金块,是准备从香港运到美国去的。按遗书上说,当时这些金块价值四百万,现在应该有二十亿左右了。船长打算把它们打捞上来,发一笔横财。他从保险公司买下船的所有权,就可以不用再顾忌别人。保险公司觉得那船沉得太深,即使潜水技术再高超也无法打捞,所以就把所有权卖给了他。可船长知道大洋丸沉船的真正位置是在离错报的海域八千米远的浅水海域,在那里是可以进行潜水作业的。于是他找到打捞公司准备打捞金块。就在这时船长得了重病,三个月后离开了人世。他也算是遭了报应吧。在船长还能动笔的时候,他写下了遗书,让人做了这个铁箱子,将保险公司的证书和大洋丸真正的沉船地点海路图一起封在了里面,留给了他唯一的儿子,也就是交给贤吉箱子的男人。这男人是个胆小鬼,不敢自己去打捞沉船,试图把沉船的所有权卖给其他有钱人。但当时他已经贫困不堪,谁会相信一个脏兮兮的男人说的什么海底大金块之类的天方夜谭呢?就这样二十年的时间过去了。这些是后来男人在他父亲的遗书上补充的。"

明智侦探终于讲完了铁箱的来龙去脉。尽管贤吉对其中一些内容不甚明了,但就二十亿金块沉在潮岬海域的事他觉得还是可信的。

—白昼的怪物—

明智侦探做完上述说明后,对贤吉和户田说:"想得到这个箱子的都是些不法之徒,箱子放在贤吉家会很危险。不过,我会保护你们的。没关系,你们放心回去吧,回去以后把箱子放回原先的石头下面。"说着明智侦探走到摆在房间一角的办公桌前,把文件放回箱子重新盖好,又把箱子交还给了贤吉。

贤吉和户田向明智侦探和小林表示了深切的感谢,就告辞出来,坐上了等在门外的汽车。汽车朝贤吉家所在的世田谷区开去,大概十五分钟就来到了大宅院林立的僻静街道。路两边是一条足足有百米长的高大水泥院墙。院墙里种着许多高大的树木，在白天也显得光线昏暗。就在他们开到院墙与院墙的间隔处时，汽车突然一个紧急刹车，停住了。

"怎么停在这鬼地方？出什么事了？车抛锚了吗？"户田问司机。一直背对着他们的司机突然转过头来，冲他们不怀好意地笑了笑。"啊，你不是刚才那个司机。你们什么时候换了班？你到底是谁？"

"就是这么回事嘛。"司机毫不客气地回答道，同时掏出了手枪。

"啊，你，你是……"户田一惊护住了身边的贤吉。可对方手里有枪，做什么都无济于事。

"我也不想要你们的小命。把那小铁箱交出来就行了，快，赶紧交出来。"

户田心想只要有点缝隙，他就跳车逃跑，于是把手指轻轻地放在了车门把上。这个小动作立刻被发现了，对方令人厌恶地笑了笑："哈哈哈，别想着逃啊，你逃不掉的，你好好看看车外边吧。"

他们朝窗外一看，车窗旁不知什么时候出现了一个长相凶狠的男人，挡住了车门，他手上也拿着枪，正狡黠地冲他们笑着。那另外一边车门呢？他们看了看另一侧车窗，那里也站着一个凶巴巴的男人，手里拿着枪恶狠狠地瞪着他们。

三面受敌，他们已经没有其他办法了。户田向贤吉做了一个交箱子的手势，贤吉也无能为力只好将箱子交给了前方的司机。对方一把夺过箱子，又目中无人地笑了笑说："哈哈哈，不错，不错，你们还真听话，那我就放过你们吧。你们的司机被我关在后备箱里了，我们走后你们再打开箱子，把他放出来，这样他就能为你们开车了。"假司机下了车，关上车门。三个男人好像短跑运动员一样，飞快地向路那头跑去。

"哎，真是干了件无法挽回的事，让他们把那个重要的小铁箱拿走了。小贤，他们一定是之前那伙坏人的手下。不过，明智侦探说过会保护我们的，怎么小箱子这么快就被抢走了呢？看来明智侦探也不能指望，实在太遗憾了。"户田懊悔地说着，一直等到看不见那三个男人的身影后，才下车打开了后备箱。那位熟识的司机被堵着嘴，蜷缩在后备箱里。

贤吉也下车来搭了一把手，从后备箱里拉出了司机，取下了他嘴里的东西。司机摇摇头说："我把车停在明智侦探事务所后，一不留神就被人从背后砸了一下，堵上了嘴巴。那人力气太大了，我根本没法反抗，实在抱歉。他后来是装成我把车开到这儿来的吧？"

"是的，他穿着跟你一样的上衣，光看背影根本分辨不出来。真想不到光天化日之下竟会这么大胆地偷梁换柱。你快开车，这里离家不远了。我们回去要赶紧报警，我们有一件重要的东西被偷了。"于是三人坐上了车，正准备离开。就在这时，只听见贤吉大叫一声，脸色煞白，两个眼珠都要瞪出眼眶了，一动不动地盯着车窗外。

户田和司机吓了一跳，顺着贤吉的视线望过去。只见高高的院墙上好像有什么东西在偷偷看着他们。院墙后是高大浓密的树林，前头的墙顶上有个黑影，是个来历不明的怪物。黑色的脸上两只闪着磷火的眼睛，嘴巴咧到耳边，嘴里突出白色的利齿，头上还有尖锐的铁鸡冠。

是铁人鱼。铁人鱼爬上院墙内侧，只露出一个头朝三人所在的方向张望。

"快，快走。"贤吉因为和铁人鱼打过一次交道，深知它的恐怖。他拼命催促司机开车，生怕怪物会立刻从墙头跳下来追赶他们。

司机也被怪物的样子吓到了，他立刻加大马力，发疯似的把车开进了院子和院子之间的僻静小路。

— 游隼丸 —

贤吉他们回到家,一下车就向父亲的房间跑去,气喘吁吁地将刚才发生的事报告给父亲听。父亲立即给警察打了电话,告知了一切,接着他又接通了明智事务所的电话。"什么?小铁箱被抢走了?果然是这样啊,"电话那头的明智侦探说着,似乎沉吟了片刻,紧接着又说,"那我马上到您府上去,有些话电话里说不太方便。不过,请放心,我答应过贤吉会保护你们的,我一定会遵守承诺。"

电话挂断了,明智侦探的话到底是什么意思呢?他保证会保护铁箱子,可铁箱早就被抢走了呀。现在还能做什么呢?父亲困惑地歪了歪脑袋。

不一会儿,明智侦探坐着汽车来了,父亲和贤吉在客厅接待了他。"您刚才电话里说的，我不太明白呢。您不是口口声声说会保护铁箱的吗？"父亲略带责问地对明智侦探说。

"是啊，我确实在保护它。"大侦探笑眯眯地答道。

"这到底是怎么回事？小铁箱已经被坏人抢走了呀。"

"不，您尽管放心，被抢的不过是个箱子，箱子里的东西都在这儿呢。"明智侦探从口袋里拿出一个大信封，从里面取出船长的遗书、航海图和保险公司的证书。

"啊，这，先生您……""是啊，我想到有可能会发生意外，所以换掉了箱子里的东西，被抢的箱子里装的只是些白纸而已。"明智侦探做事之细致不由得令贤吉和他父亲佩服。"啊，我们实在不知道会是这样，原谅我刚才对您失礼了。到底是明智先生，我们现在总算放心了。"父亲再三向侦探表示了歉意。

明智侦探又开口道："宫田先生，那些坏家伙今后不知还会做出什么坏事。我想赶紧把那些金块打捞上来，您看怎么样？遗书上写的不像是谎话。刚才贤吉他们走后我查了资料，发现二十年前，在潮岬海域的确有一条东洋汽船公司的大洋丸沉没了。而且他们想打捞也没有成功，这也是事实，这事值得一试。我们去跟东洋汽船公司和保险公司商量一下，让他们出钱。如果找到金块就由您和汽船公司、保险公司平分。政府方面也事先通报一下，然后我们一起到海底去找找看怎么样？"

贤吉的父亲考虑了一会儿，终于下定决心，说："那我们就到海底冒个险吧。所幸我在汽船公司和保险公司的高层都有熟人，沉船打捞公司也认识些人，我去找他们商量，他们应该会同意的。事实上，我个人还是挺喜欢冒险的。"

就在他们谈论金块打捞的话题时，电话铃响了。贤吉父亲站起身接过电话，电话里传来奇怪的声音，像钢铁摩擦时发出的嚓嚓声，听起来让人很不舒服。起先他以为电话出了故障，其实不然，电话那头在说着什么："明智在你那儿吧。我有话要对他说，你叫他过来。"这不像是人发出的声音，听上去特别奇怪。"您是哪位？""我是明智的朋友，赶紧叫他来。"

无奈，贤吉的父亲只好叫来明智侦探，把电话递给了他。

"我是明智，哪位？"

"你应该猜到了吧，我就是你的敌人啊。你把小铁箱藏得真好啊，你给我记着，我会把它拿到手的。明智，你记好了。"说完对方挂断了电话。

明智看了看贤吉的父亲说："是铁人鱼。果然是它在找金块，我们不能再大意了，得赶紧进行打捞。"

风平浪静地过了两个星期。这天，日东打捞公司的游隼丸从大阪港出发向潮岬驶去。游隼丸是一艘六百吨的打捞作业船。船上不但有打捞公司的工程师、潜水员、船员，还有贤吉和他的父亲宫田先生,另外小林也在船上。他们从东京坐电车到大阪,然后上了船。小林是以明智侦探代理人的身份上船的。万一发生什么事,他负责用无线电向明智侦探汇报情况。

正值春日,天空蔚蓝,游隼丸稳稳地行驶在榻榻米一般平静的海面上。这是一次愉快的航行。贤吉和小林登上最上层的甲板,看着拍打船尾的白色浪花,肩并着肩高声地唱起歌来。这天晚上,月夜静美,夜越深月色越清明,月光照射在起伏的波浪上,海面像撒满了一层银箔。

除了轮流值班的船员以外,大家都进船舱睡觉了。明亮的月光下,只有机械发出的隆隆声和船身与海水相擦的声响。一个船员在甲板上走着,他每隔一个小时巡视一遍。他穿过中央船舱旁细长的通道,来到船头。他从悬挂着的救生艇下钻过去,看了看船头,只见船头的凸起处蜷缩着一个黑色的物体。

"谁在那儿睡觉啊。"他觉得很奇怪,走了过去，发现那东西不像是人。只见那东西全身长着鳞片，在月光下闪闪发亮，身后还有一条尾巴，从头顶到背上长着一排锯齿似的鸡冠，像是一条大鳄鱼。不过，船上怎么可能有鳄鱼？船员不禁后背发凉。这是任何一本动物书里都没记载过的怪物。他心里越害怕就越想好好看看这家伙，于是蹑手蹑脚地靠了过去。只见那黑家伙抬起头朝他转了过来。

一看到怪物的脸，船员的身体就僵住了，跑不了也叫不出声。只见那张黑色的铁皮脸上，两眼凹陷闪着磷火似的光，咧到耳边的大嘴里突出几颗白色的利齿。

"嚓嚓，嚓嚓。"怪物张大嘴巴笑了起来，笑声就跟摩擦钢铁一样十分难听。终于船员喊出了声，他发疯似的扯着嗓子呼救："快来人啊……"听见叫声，船上响起了脚步声，一个、两个、三个船员朝船头跑了过来。

船头的怪物笑声更大了。它突然转过身来，鳞片熠熠闪光。它猛地越过船舷纵身跳入大海。大家赶到船舷往下看，黑鳄鱼似的怪物已经和游隼丸并排游在一起了，不一会儿它潜入水中，从海面上消失了。

是铁人鱼。它没有偷到小铁箱里的航海图，便尾随贤吉他们上了船。它本来就是海中的怪物，跳入海中也能生存。也许它此时正在水下保持着和船相同的速度潜行呢，也许它会一路追踪贤吉他们到底。

— 船舱里的尸骨 —

　　小林将船上发生的一切用无线电向东京的警视厅作了汇报，再由他们转达给明智侦探事务所。此后并没发生其他异常，游隼丸到达了潮岬海域。宫田先生手中的航海图明确标记了大洋丸沉没地点的经纬度，只要将水下探测器放入海底寻找即可。

　　水下探测器是一种通过轮船发出超声波，将超声波碰到海底后返回船上所需要的时间绘制成图表，再呈现在纸面上的机器。根据图表上的曲线可以知道大海的深浅，如果遇到沉船，那一段曲线就骤然凸起，这样大家就能知道海底是否沉有船只。

　　游隼丸在航海图上标有记号的海域来回游弋，根据水下探测器的图表反复测量。由曲线的凸起程度已经可以判定这片海底下有的不是岩石或其他什么，而确实有一艘沉船。从海面到沉船顶部的距离仅三十米，这么一来可打捞的就不仅只是金块，大洋丸整艘船都有可能被打捞上来。仅仅因为大洋丸的船长隐瞒了沉船的正确位置，这些宝贵的金块和钢材就这样在海底沉睡了二十年。

一旦确定了沉船的位置，大家就准备让潜水员下去勘探。因为船长的遗书中并没有写明金块装载在船上的哪个部位，要找到它们也得花一番工夫。所以在打捞金块之前，得先让潜水员下去看看沉船，确认它是否就是大洋丸。

那天天气晴朗，天空湛蓝，没有风也没有浪，是潜水的绝佳时机。打捞公司选出了两名身强力壮的潜水员，让他们穿上橡胶潜水服，戴上黄铜的潜水面罩，并配备了向潜水面罩里输送氧气的送气装置。两位潜水员顺着装在游隼丸船舷外侧的笔直铁梯下到水面，他们晃动着章鱼怪似的圆脑袋，拉着救生索和橡胶送气管，以及缠在送气管上的电话线，钻进了冰凉的海水里。贤吉和小林夹在船长、汽船公司职员以及担任打捞作业团长的宫田先生当中，一道站在甲板上，目不转睛地看着怪模怪样的潜水员沉入海里。

两位潜水员右手拿着撬东西用的铁棍，左手拿着水下电筒，为在黑暗的沉船中照明。潜水员凭借双脚和胸前坠着的巨大铅块不断下沉，渐渐看见自己下方出现了一艘巨大的沉船。因为船已在海底沉没了二十年，船身上积满了海里的垃圾，长满了海藻，还有许多贝壳附着在上面。这使整条铁船看上去更像是海底的一块大岩石。船体三十度角地横向倾斜着，甲板就像一个陡峭的斜坡。两位潜水员下潜的地方正好在船头附近，他们俩到达船头外侧后，用铁棍拨开附着的贝壳，又晃动电筒，开始寻找写着船名的地方，终于他们确定了沉船就是大洋丸无疑。

接着，他们俩爬上倾斜的甲板，寻找舱口（从甲板进入船舱的出入口）。不一会儿，他们就找到了。他们从舱口走下窄窄的楼梯进入下面的船舱，因铁制的楼梯上粘满了贝壳，他们感觉自己好像进入了一个岩洞。

楼梯下面有一间很大的房间。不，与其说是房间，更像一个大洞。倾斜的地板上积着二十年的垃圾，上头长着许多齐胸高的海带类海藻，人根本无法插足。因为这里处于顶层甲板的下方，通常设有贵重物品室，两个潜水员就是为了找它才下了楼梯，没想到屋内整个墙面都被贝壳占据，根本找不到门。想在这儿找到金块估计可能性不大。

船舱的地板三十度角地倾斜着，潜水员穿着坠着铅块的鞋，每走一步都非常滑。不过海底不同于陆地，即使鞋底很滑人也不会摔倒，因为身体在水中变得很轻。他们每滑动一次，海藻根部厚约十厘米的垃圾就随着他们的滑动翻腾起来，遮住了视线，妨碍人看清对面的景物。另外隐藏在海藻间的鱼群也被惊得四散奔逃。它们游过电筒的光柱时，鱼鳞闪现金的、银的光芒，美不胜收。

潜水员的橡胶潜水服袖长只到手腕，他们手上戴着劳动手套，以便工作。一位潜水员在倾斜的地板上滑动着，将手伸进了黏糊糊的垃圾里。他的手好像触碰到了什么硬物。

"喂，是佛像。"如果在陆地他们就能这样冲对方说。可是现在身上穿着潜水服，他们之间无法靠语言交流，只能将电筒左右摇晃两三下，示意对方看向自己这边。潜水员把在垃圾中摸到的硬物拿出来放在电筒前。是一个头盖骨——黑洞似的眼窝，一长排咬得紧紧的牙关。尽管潜水员对沉船里的尸骨司空见惯，可还是有点恶心。另一个潜水员也把手放在了电筒前面，他的手上正捏着一个死人的脚骨。

于是他们把电筒凑近了地上的垃圾，又找了找。手、脚、肋骨一个接一个地被找出来。看来大洋丸的船员都葬身在了这间船舱。

─ 怪物！怪物！─

两名潜水员看见尸骨确实感觉恶心，但并不胆怯。他们是两个身强力壮的年轻人，并非看到点什么怪事就畏首畏尾的胆小鬼。然而接下来发生的事却让这两位勇敢的潜水员吓得浑身发抖。

他们俩发现尸骨之后继续向船舱深处前进，他们注意到就在对面的海藻丛中，电筒灯光隐约照到有什么东西在摇晃。尽管刚才他们两人行走时也看到周围有海藻在摇晃，但是现在这海藻摇晃得有些异样。难道有大鱼藏在海藻后边吗？这附近海域确实有不少的大鱼，而且还有很多大得惊人的螃蟹。他们一边好奇地想看看究竟一边打着电筒靠近前去。只见摇晃着的海藻中突然出现了一个黑乎乎的物体，如同螃蟹脚。可这脚也太大太粗了。

这黑色的脚状物体前端有好些分叉，紧紧地弯曲着。每个分叉上都有尖尖的指甲，就像人的指头。可哪有人会长着这样黑色的指头呢？潜水员们呆呆地停在原地，怯意油然而生。只见黑色的手臂伸出来了，接下来露出黑色的肩膀，类似面孔的东西也探了出来。看到这里潜水员们不由得在潜水面罩内发出了"啊"的叫声。

对方大大的双眼闪着磷火似的蓝光，恐怖的大嘴咧到耳边，嘴里长着两颗白色的利齿，黑色的铁脑袋上是一排尖尖的锯齿状鸡冠。潜水员们看见的也是铁人鱼，他们早听说过铁人鱼睡在游隼丸甲板上的事，可以断定眼前的家伙就是铁人鱼。这怪物果然尾随着游隼丸来到了潮岬。潜水员们赶紧钻回了大洋丸的船舱。

就在潜水员们准备逃跑时，怪物的整个身体都已经显露出来，它猛地朝潜水员们扑了过来，可怕的程度有如电影中火车飞奔而来的情景。蓝光闪闪的双眼和龇着的白牙，在水中直冲过来。

"人鱼，有铁人鱼！赶紧拉我们上去，快，快拉！"潜水员在面罩里放声呼叫。这叫声都通过电话线传到了游隼丸上。他们奋力逃出船舱，怪物在他们身后伸长了手臂向他们逼近。一位动作慢一点的潜水员瞬间被怪物抓住了腿。怪物将五根尖指甲一下子插进了他的潜水服。

潜水员疯了一样挥舞着右手上的铁棍，拼命击打着怪物，几经挣扎才把腿从怪物手中挣脱了出来。他们俩这才从船舱浮到甲板上。不知为什么，怪物却没有再跟着追过来。

— 鱼形潜艇 —

潜水员们回到游隼丸,汇报了怪物的情况,立刻引起了船上人们的议论。以宫田先生为首的主要干部顷刻聚集到船长室开始商讨应对措施。

"它果然一直跟着我们,它一定是想把金块盗走,无论如何要阻止此事的发生。"宫田先生脸色苍白不无担心地说。船长点头表示了赞同:"光靠我们恐怕应付不了,到时候还得请求海上自卫队的支援,只有让他们向海底开炮炸死它了。不管怎么样我们得先用无线电跟总公司商量一下,让他们从大阪派人前来支援。"随后在场的打捞公司工程师开口了:"那样的话太耽误时间了。说不定怪物已经找到了金块的下落,如果让它把金块偷走我们就前功尽弃了……船长，我们用那玩意试试看怎么样？"

"你是说潜水钟？"

"是的。我可以钻进潜水钟去监视怪物的活动，铁人鱼再厉害也对付不了那玩意吧。"

"也只好这样了。那就由你下去吧。"

潜水钟是一种由厚钢板制成的球形潜水艇，个头很大，人可以钻进里面沉入海底。铁球上有厚厚的玻璃窗，装备探照灯似的强光水下电筒，使水下的情形一目了然。铁球上还同时装有两只铁手臂，前端安置着可以夹东西的大爪子，是两只铁爪。

打捞公司在遇到潜水员无法下潜的深海时，便使用这样的潜水钟。船长为了以防万一常将它装载在船上。游隼丸上配备有可以悬吊重型潜水艇的小型起重机。几名船员开动起重机，用钢缆将潜水钟从船舱里吊出来，让工程师坐进去，接着他们关闭了潜水钟，调整了一下起重机的角度，将潜水钟伸向海面，缓缓地放入海中。

人坐在潜水钟里一个类似飞机操纵室的地方就可以开始工作了。座位前装有各种按钮，只要按动按钮就可以任意操纵钟外的铁臂铁爪。工程师通过窗口全神贯注地观察着海底的情况。潜水钟不断下沉，窗户上的强烈电光照得十米之外清晰可见。光线中各种大小的鱼群忽左忽右地游动着，异常美丽。

潜水钟无法进入沉船的舱内，只能在它附近监视周围的动静。工程师从窗口看出去海底的沉船越来越大，也就是说他离沉船越来越近。

"哇，好大的鱼啊。"工程师不禁自语道。这时他看见灯光照不到的地方有一条形似幼鲸般的鱼朝自己游过来。这一带的海域偶尔会有鲸鱼出没，可看样子又不太像鲸鱼。因为那家伙的眼睛太大，跟汽车的前灯似的闪闪发光。它把眼睛瞪得跟鳉鱼似的，身体大小却是鳉鱼的几万倍。世界上真有这样怪异的鱼吗？

就在工程师思考这些问题的时候，大鱼已经一步步靠了过来。它不仅眼睛大,嘴巴也圆滚滚的,仿佛五月节鲤鱼旗上的鲤鱼,而且一张嘴纹丝不动。它眼里的光线越来越亮,仿佛探照灯一般将面前的海水照得明亮清晰。大鱼的背上背着一个扁平的袋子,类似透明空气囊。

"啊,这不是鱼,是潜水艇,鱼形潜艇。"工程师不禁发出近似疯狂的叫声。潜艇是铁制的,两只"眼睛"就是潜艇的探照灯,圆滚滚的嘴巴似乎就是炮口。

可这奇怪的潜水艇到底是打哪儿来的呢?不,它不是外国货,它一定来自恶魔的王国。

—海底大战—

"哎呀，来了个怪家伙。到底是个什么玩意？"工程师心里咯噔一下，眼睛紧紧地盯着潜艇的背部。因为他对面的两只"眼睛"光线太强，他看不清楚潜艇的背部，但那里正蜷着一样可怕的东西。

是铁人鱼。铁的面孔、铁的鸡冠，从咧到耳边的大嘴里伸出两颗利齿，身体有如鳄鱼的怪物。他就像壁虎似的贴在鱼形潜艇的背部，发着蓝光的眼睛一直注视着工程师。工程师躲在铁球里面，并不用紧张什么怪物，但他被铁人鱼古怪的模样吓坏了。

鱼形潜艇不一会儿就到了眼前，它可以自由自在地活动，可工程师却要靠游隼丸上的钢索牵引，所以无路可逃。工程师拿起潜水钟里的电话呼叫游隼丸："快拉我上去……来了一艘可怕的潜水艇，背上坐着铁人鱼。"

"什么？潜水艇？真的吗？"游隼丸船长的声音传了过来。

"是啊。一艘鱼形的潜艇，已经快到我跟前了。危险。快，快把我拉上去。"接着游隼丸好像就开始拉升作业了，潜水钟一点一点地往上升，这时却又发生了令人心惊胆战的事。

眼前的潜艇从圆圆的口中突然伸出一根蛇信子似的黑色长棍，棍子的前端分成两股，可以用它来夹东西。剪刀伸到了工程师乘坐的潜水钟上方。工程师赶紧从开在潜水钟上部的小玻璃窗朝外边看了看。天啊，那剪刀正朝吊升潜水钟的钢缆夹去。

"糟了。敌人要剪我们的钢缆。快，快，赶紧拉。"游隼丸上的人们给卷钢缆的发动机提了速。这股加快的提升力使潜水钟左右晃动了一下，险些撞上它上方的鱼形潜艇。

工程师拼命转动自己面前的方向盘，操纵潜水钟外的铁臂左右挥动，击打着潜艇的侧面。紧趴在潜艇背部的铁人鱼，突然朝工程师伸出了脖子，用两只磷光闪闪的眼睛瞪住他。工程师又转动方向盘，把铁臂伸向怪物，差一点就抓住他鳄鱼般的尾巴了。潜艇的铁舌和潜水钟的铁臂激烈地搏斗着，这是一场机器对机器的战斗。

海水卷起了漩涡，水泡四起，鱼群四散奔逃。圆形的潜水钟左右摇晃避免被潜艇夹住钢缆。铁人鱼忽左忽右地摆动尾巴，在潜艇背部横冲直撞，豁出性命地继续着战斗。

终于还是游隼丸上的拉升机战胜了潜艇上的铁剪。钢缆被快速地卷回，潜水钟摆脱了潜艇的铁剪，升上海面。

工程师钻出潜水钟踏上游隼丸的甲板，汗水已经湿透了他的全身，涨红的脸上大颗的汗珠成串地流淌下来。他休息了片刻，便将海底的战况详详细细地向船长和贤吉的父亲做了汇报：

"真没想到敌人还有潜艇,看来铁人鱼有不少同伙。这就难办了。我们只有这只不够灵便的潜水钟,敌人却可以自由地在海底奔走,并且还掌握着潜艇。看来我们只能使用深水炸弹了。"

现在已经不得不向海上自卫队请求支援了。船长给大阪分公司发送了无线电,报告了发生的一切。分公司马上回应了他们的报告。接到发回的无线电文大家都吃了一惊:"明智侦探掌握着强有力的武器。他今晨已经出发,下午五时到达你处。"

天啊,明智侦探即将到场,并且他还会带来有力的武器。大家听到这个消息无不欢欣雀跃,情不自禁地欢呼起来。

―明智侦探来了―

电文说明智侦探将于下午五时到达,也就是再过一个小时。大家索性就站在甲板上,等待着明智侦探乘坐的轮船。

"有力的武器会是什么呢?就算明智侦探再了不起,他也不知道敌人手上有鱼形潜艇呀。他带来的武器能战胜对方吗?真叫人担心。"船长小声地对工程师说道。尽管刚才用无线电询问了武器的情况,可对方什么也没有透露。

话分两头,再说小林和贤吉这边正在谈话,他俩脸上满是欢快的神情。

"小林,到底是明智先生啊。昨天你从船上给先生发了无线电报,说了铁人鱼跟踪我们的事,先生马上就赶到大阪来了啊。他一定是坐飞机来的，然后今天一早就从大阪港出发了。不过，那个有力的武器会是什么呢？"

"我也不清楚，先生总是比我们想得远。也许他在接手这个案子的时候，就已经把武器准备好了。没事了，只要先生来了一切就都迎刃而解了。"小林愉快地笑着说。

不一会儿，遥远的海平面那端升起了一股白烟，通过望远镜可以看见一个白色汽船的小小身影，是商船公司的快艇海鸥丸。它定期航行在潮岬海域运送旅客，由于速度特别快，无线电消息说明智侦探就是乘坐它赶来的。

只见白色的海鸥丸船体越来越大，站在游隼丸甲板上的人们开始挥动手帕，大声欢呼，欢迎它的到来。漂亮的海鸥丸，全长五十米左右。它在离游隼丸不远处停了下来，放下一艘小船。海鸥丸上也挤满了人，正向这边张望，兴许他们也听说了要打捞金块的消息吧。

四名船员划动船桨，将从海鸥丸上放下的小船笔直地驶过来。欢呼声在游隼丸的甲板上响成一片。

站在小船上的正是我们的明智侦探，他高高的个子，得体的黑色西装，头发被风吹得有些凌乱。他举起右手向大家打着招呼。

"咦，那是什么？船后面跟着一个秃头海怪似的东西呢。"有人叫了起来。只见一个黑色的怪物从海鸥丸船尾紧紧追随着小船一起朝这边来了。它黑黑的身体，背上长着大大的疙瘩，样子很像鲸鱼。仔细分辨的话，它背上的疙瘩还竖着细铁棍似的东西。小林大叫起来："小贤，那是潜望镜，从潜水艇中伸出来观察海面情况用的潜望镜。原来那家伙就是潜水艇啊，太棒了，我们的潜水艇来了。"

"真的呢。这下好了，用它打垮敌人的鱼形潜艇。喂，小林，明智先生太伟大了。"

两个少年高兴得跳了起来。甲板上的人也因为自己一方派来了潜水艇而欣喜万分，到处一片欢呼。

小船靠近了游隼丸，明智侦探顺着铁扶梯爬上了甲板。他拍了拍紧跟而来的小林的肩膀，向贤吉父亲和船长以及工程师打了招呼，彼此交换了情况。水手们都围拢了上来，争相目睹着明智侦探的风采。

"是吗？敌人也有潜艇，这我倒没想到。我只考虑到要想战胜铁人鱼，必须使用潜水艇，所以一开始就准备好了。现在日本没有以前海军使用的那种潜水艇，不过我知道东洋汽船公司保管着民营企业制造的海底游览用小型潜水艇，所以我向他们借用了一艘，让他们随时等候我的命令。这种小潜水艇虽然不能发射鱼雷，但跟军用潜水艇形状相似，就是体积小了一些。拿它吓唬吓唬敌人应该没问题。潜水艇是从神户调来大阪的，然后用海鸥丸牵引着到了这里。"说完他们商量了一下对策，之后明智侦探提出了以下的方案：

"我们的潜水艇里乘坐两名熟练的驾驶员，我们把详细方案告诉他们，让他们把潜水艇下潜到大洋丸的附近，吸引敌人的鱼形潜艇。三十分钟后它会远离大洋丸，我们的潜水艇上有无线电装置可以随时接收报告。我们就利用这三十分钟，把潜水员从船上派下去，让他们到大洋丸里去寻找金块的下落。每隔三十分钟搜索一次。"

　　大家决定先用这个方法尝试一下，便叫来了驾驶员，向他们详细介绍了行动方案，之后潜水艇就潜入了海底。眼看着一场发生在明智侦探这一方的潜水艇和鱼形潜艇之间的大战就要开始了。

—长着条形花纹的怪人—

鱼形潜艇在大洋丸沉没的海底优哉游哉地航行，铁人鱼果然还伏在它的背上。这怪物应该是通过潜艇上部的玻璃窗向艇内发布命令的吧。它就像骑在马上的将军一样，骑在潜水艇上。

这时，水波晃动，从海上降下一个黑色的大家伙，也就是明智侦探他们的潜水艇。潜水艇本是用于游览的，所以前面和两侧都装着厚厚的玻璃窗。艇内的灯光从窗口泄了出来，远远一看好像是一个在奇怪的部位长了三只眼的怪物。铁人鱼似乎被这怪玩意吓住了，摆好了架势，双眼盯着潜水艇不放。

潜水艇下到了和鱼形潜艇相同的深度，停了下来，灯光突然变得忽明忽暗。潜水艇的灯光每变换一次，三个玻璃窗就如同眨眼睛一般一会儿亮一会儿暗。这是明智侦探嘱咐的，让潜水艇用灯光发射莫尔斯电码，就是将用于发报的莫尔斯电码通过光线发出来。目的是测试一下敌方是否有懂得莫尔斯电码的人。

随即，鱼形潜艇的两只"眼睛"也眨了起来，它回答说自己懂得莫尔斯电码。于是明智侦探的潜水艇向对方发出指令："赶紧离开此地，否则我们将发射鱼雷。"尽管潜水艇上并没有鱼雷，但它的外形和军用潜艇一模一样，敌人听到这话一定会有所顾虑。果然不出所料，鱼形潜艇开始移动，它离开了大洋丸，逃往别处。

潜水艇紧随其后追了上去，两艘小型潜艇在海底展开了赛跑——三眼怪物追着一个两眼的小鲸鱼。所到之处海水翻滚，鱼群被冲散，长长的海藻像被狂风席卷了一般东倒西歪，真是一场海底的追逐战啊。

明智侦探的潜水艇到底是一艘观光用艇，马力有限，赶不上鱼形潜艇的速度，双方渐渐拉开了距离，五分钟过后，便将对方跟丢了。对方的潜水艇闭上两个探照灯似的"眼睛"，混入海底的黑暗中，不知去向。这边的驾驶员感觉对方是突然不见的，就像用了忍术似的。不过毕竟已经把对方赶走，接下来只要在大洋丸附近巡逻、警戒就万事大吉了。于是他们通过无线电向游隼丸上的明智侦探做了汇报。

"敌艇和铁人鱼已逃跑，我们在目标船周围警戒，请速派潜水员。"

游隼丸接到消息，立即将一名准备就绪正在待命的潜水员派向了海底大洋丸的沉没地。这是一名非常优秀的潜水员，他右手擎着铁棍左手提着水下电筒，向曾经去过一次的船舱游过去。他下到了舱门里面，因为铁人鱼已经逃走，所以他丝毫也不害怕。现在只要找出金块的所在地就大功告成了。

潜水员晃动着电筒，在宽敞的舱室里四处搜

寻，发现一面墙上开着一个四方形的大窟窿。他暗暗吃惊，过去仔细瞧了瞧。尽管墙上满是贝壳，一下子很难分辨，但墙上的确有一扇门，而且打开着。门不可能自己打开，定是有人在他来之前把门打开了。潜水员想到这里，不禁一愣。铁人鱼已经逃跑了呀，到底是谁开的门呢？

或者说，兴许是怪物团伙的人开了门，早早地把金块偷走了？无论如何这事十分重要。为了一探究竟，潜水员晃动电筒向门内张望了一下，只见小屋里隐隐约约有东西在发光，是一个放在地板上的电筒。潜水员一惊，再仔细一看，屋里有一个很恐怖的怪家伙正在挪动。它长着人的模样，但却不是一般的人。它的身体上长满了黑色的粗条纹，是一个黑白相间的怪物。海里有一种鲷鱼身上长着条纹非常好看，这怪物就与它形似。怪物长着一张人的面孔，却和大猩猩一样奇怪。那张脸闪闪发光就跟罩着玻璃一样，脑后长有黑色锯齿状的鸡冠，脚上生着海豹似的大脚蹼。

怪物腋下正夹着一个木箱子,朝潜水员的方向转过身来,他身后的墙角里还高高地堆着一些类似的木箱子。"明白了,金块就在这儿啊。装在那些木箱子里,堆放在这儿。"潜水员恍然大悟。长着条形花纹的怪物原来就是偷金块的小偷。潜水员朝着潜水面罩里的电话机呼叫:"我发现偷金块的小偷了。是个身上长有条形花纹的怪物。让我来抓住他,请支援。"说完他突然揪住了长着条形花纹的怪物。

― 螃 蟹 精 ―

因为海水很深不可能猛地扑过去，潜水员只有慢悠悠地游过去将对方抱住。长着条形花纹的怪人被这一抱惊到了，它试图扔下木箱逃跑，可惜已经来不及了。于是一个条纹鲷鱼模样的怪物就和一个穿着类似西洋盔甲怪模怪样的潜水员扭打在一起。尽管屋里没外屋那么脏那么乱，但这屋子二十年中也积满了海底的垃圾。随着他们俩的打斗，垃圾团团翻滚上来，屋子里就像笼罩了一层烟雾似的。

长着条形花纹的怪物一味地想逃跑，两个人扭打着不知不觉就出了房门，来到通往甲板的铁制楼梯下面。那里长着许多海带似的大叶海藻，还有一些来不及逃走的鱼。穿着西洋盔甲的怪模样的潜水员和长着条形花纹的怪人就在它们中间一会儿横过来一会儿倒过去，扭作一团。海底的打斗和陆地不同，动作看上去就像电影里的慢镜头，实际上却也非常激烈。

他们退到楼梯下面之后，长着条形花纹的怪人突然凶猛起来，它鱼似的又蹦又跳，潜水员揪着它的手一滑就被挣开了。紧接着怪人用它的大脚蹼猛一蹬水，瞬间就浮到了楼梯上。而潜水员身上坠着沉沉的铅块，完全没它那么轻松。潜水员只能一级一级走上台阶，眼睁睁地看着敌人逃走。

潜水员急忙退回原先的舱房，用电筒照着登上甲板。他看见一束白光出现在离大洋丸不远的海底，一个劲地向反方向移动。白光是电筒发出的。可怪人逃走时并没有带电筒啊，白光应该不是怪人发出的。那又会是谁呢？

"对了，是我的朋友潜下来了，他发现了怪人然后追了过去。"潜水员心里想着便向那个方向飞快地赶了过去。由于他刚才通过面罩里的电话请求了支援，又一位潜水员被派了下来。

怪人没有电筒，找不到方向，正当它在海带丛中仓皇失措时两个潜水员向它夹击了过来，两个有如怪物眼睛般的电筒一左一右朝它逼近。怪人好不容易逃出了海带的丛林，又向礁石突起的海底逃去。两位潜水员就在它身后五米左右的地方向它追来。

怪人将自己条纹模样的身子藏在大礁石后边。两个潜水员快速赶了过去，但海底不同于陆地，速度快不起来，等他们赶到礁石后边，怪人已经踪迹皆无了。潜水员用电筒朝四周照了照，想看看怪人逃到哪儿去了，但是四周并没有怪人的身影。相隔时间那么短，怪人不可能跑远。可除了这块石头之外并没有可以藏身的地方啊。两名潜水员做了个感到奇怪的姿势，望着对方戴着潜水面罩的脸。

两个人继续四下寻找，发现大礁石那儿有东西在蠕动，是一块青黑色的石头在移动。两个潜水员吓了一跳，拿电筒朝那边照了照。不，移动的不是石头。是个类似石头的、来路不明的大家伙，正从大礁石脚下朝他们这儿挪呢。

"啊，是螃蟹。"一个潜水员在面罩内脱口而出，响亮的叫声在游隼丸的话筒里回荡。

类似岩石的家伙确实是一只巨大的螃蟹，个头大约是成人的两倍，好一只可怕的螃蟹。它突然举起一米长的大蟹螯，一边时张时闭地舞动，一边划动八条腿向潜水员爬来。它转动着眼珠子朝潜水员靠拢，两只皮球似的白眼珠突出眼眶。

游隼丸的电话里听见了两声同时发出的响亮叫声，两个潜水员都叫出了声。转眼间，二人逃之夭夭。

螃蟹精追出五六米，似乎又想起了什么，调转方向走了。不一会儿它就消失在了黑暗里。两个潜水员通过面罩里的电话让游隼丸上的同伴将他们拉上去。等他们回到甲板上，大家立刻围拢了过来。他们详细叙述了海底发生的一切，明智侦探听后微微侧了侧头，说道："这附近不可能有这么大的螃蟹，这也许又是坏人耍的把戏，他们可能是穿着螃蟹的服装逃走的。服装可能由薄薄的金属或者塑料制成，他们把它折起来藏在岩石的洞穴里。"

"这么说螃蟹的外表下装着的是偷金块的小偷喽？"一个潜水员惊奇地说。

"除此之外无法解释。以人的本领还无法做到藏在岩石后就能就地消失。偷金块的怪人团伙都是些魔术师，他们终于显出了本性，事情变得越来越有趣了。如果碰不上这些会魔术的对手，我还真提不起精神呢。"明智侦探说着用手搔了搔乱糟糟的头发笑了起来。

— 散落的金块 —

　　这会儿西边的天空已被晚霞染红，眼瞅着太阳一点点地落下，不一会儿东边的天空就暗了下来，黑暗渐渐地扩散到西边，夜幕降临了。

　　既然敌人已经知道了金块的所在地，大家就不可能因为天黑而放弃搜寻工作。明智侦探和船长以及贤吉的父亲宫田先生聚在一起商量对策。最后大家决定不去在乎夜色，就做一个巨大的装置将金块一次性全部打捞上来。游隼丸上备着用粗铁链做成的大网，是专门用来卷裹重型货物的工具。把它绑在钢缆上，通过起重机将它沉入海底，再把装金块的箱子放进铁链做的大网里，就可以打捞了。

　　定下这个方案后，他们通过无线电向正在对敌人的鱼形潜艇进行警戒的潜水艇发出了上浮的指令。打算在准备工作充分完成的情况下，派它和铁网一起下潜，将警戒继续到打捞全部完成之后。铁网将同三名潜水员一起下潜，但这仍不保险，所以同时又派出了圆形的大潜水钟，由它负责沉船甲板舱外的警戒。

就在全体船员合力准备的当口，小林缠着明智侦探不断地请求着。

"先生，请让我跟潜水钟一起下去吧。像我这样的小孩虽然没有潜水员的本事，但坐在潜水钟里也不碍事吧。我可以坐在工程师的前面，潜水钟里这点空间还是有的吧。先生，请您和他们说说啊。"

明智侦探对小林就像对自己的孩子一样宠爱，看到小林这么央求，当然无法拒绝。他苦笑着和工程师商量了一下，工程师也笑了起来同意了："既然你这么想去，那就一起去吧。潜水钟里地方比较窄，不过小林个子小，应该坐得下。能和可爱的小林一起下水，我也很高兴。"

"什么？小林要坐潜水钟？那我也要。"贤吉羡慕地说道。

"你父亲不会同意的。你比我年纪小，又很少冒险，还是让我先坐上去看看，如果没什么问题，下次就换你坐。"小林安慰着贤吉。

半小时后准备工作一切就绪，首先由潜水艇潜入大洋丸附近的海域展开警戒，接着潜水钟也开始下潜，最后是铁网和三名潜水员。小林欣喜万分，他被圈在工程师的双膝之间，缩着身子，双眼紧紧盯着前方的玻璃窗。潜水钟上装着类似电车车灯的强光灯，将夜晚的海底照得清清楚楚。窗外鱼儿游动，透明如琼脂一般的海蜇飘来飘去，轻轻地向上方浮动。这就意味着铁球一样的潜水钟不断地在下沉。坐在潜水钟里的感觉就跟坐在电梯里一样。

"看，那就是大洋丸，很大吧？"顺着工程师的指点往下看，只见海底横卧着一个沾满贝壳的巨大船身。再靠近一点，潜水钟就来到了大洋丸倾斜的甲板舱门旁。一个闪光的物体从他们对面穿了过去。

"那是什么？好像车前灯似的那个东西。"

"是潜水艇。它负责在大洋丸周围巡逻，敌人的鱼形潜艇随时有可能出现。"

就在这时，空中，不，海水的上方降下一个奇怪的物体，是铁网和三名潜水员。铁网被放在了甲板舱门的附近，三名潜水员用手电跟小林他们打了个招呼就一个接一个地进了船舱。

他们下去之后，三根铁缆和送气管就像长长的藤条似的晃来晃去，过了一会儿，其中的一根突然绷直了，也就是说它被海面上的人拉紧了。只见一个潜水员抱着个方形的木头箱子走了出来，他把箱子放入铁网后又回到舱室里去了。

接着又出来一个潜水员，也把同样的箱子放入铁网，又返身回去。然后又有一名潜水员，三个潜水员轮番进去出来，铁网里箱子越堆越多。装金块的箱子一共有三十个，很难一次把它们全部拉上去，只好分成两批。当铁网里装好十五个箱子时，潜水员就让船上的人把它们拉上去。

装有十五个木箱的铁网鼓胀了起来，吊着铁网的粗缆绳也绷直了，木箱慢慢地上升。三名潜水员站在倾斜的甲板上，目送着铁网被一点点拉升。就在铁网被拉到距海底十米左右的地方时，一个潜水员做了一个奇怪姿势，似乎要跳起来，他双手指着铁网上方。接着另两名潜水员也同样举起两只手，发疯似的跳起来。

"啊，出事了。喂，喂，快将潜水钟向上拉十二米。铁网的缆绳发生状况。快，快把我们拉起来。"工程师朝着电话叫道。潜水钟晃动了一下，升了上去。它高过了铁网，上到了缆绳处。"请将铁网和潜水钟以匀速拉升。"工程师朝电话这么说了一句就开始转动方向盘，将窗口朝缆绳方向转过去，强烈的灯光照在了缆绳上。

"是螃蟹，螃蟹挂在了缆绳上。"小林不由得惊叫起来。那只相当于成人两倍大小的螃蟹精，紧紧地缠在了铁缆上，正手舞足蹈地在弄着什么。

"糟了，那家伙想把缆绳剪断，大锉刀正锯子似的来回锉呢。"这回是工程师叫了起来。接着他对着电话说："喂，喂，请将潜水钟向铁网靠近。有个家伙想剪断缆绳，我用铁臂击退它。"潜水钟靠近了铁缆，巨大的螃蟹就在眼前挪动。

"好了，开战啦。看看吧，我要用铁臂把那家伙打垮。"工程师大叫一声，将手放在了前面的方向盘上。只听吱的一声，潜水钟两侧的铁臂伸了出来。因为他们就在螃蟹背后，铁臂就朝螃蟹伸了过去。但潜水钟是被海上的大船吊着的，没法自由活动，所以就差了那么一点点，够不着螃蟹。

"再靠近一点，再近一点。"工程师一边向电话那头喊一边奋力操纵着方向盘，"行了，够着了，抓住它了。"他把方向盘一扭，铁臂一下子夹住了螃蟹的两只脚，猛地一揪蟹脚就掉了。可对方根本无动于衷，蟹脚是假的，即使被揪掉了也伤不到它。螃蟹精的锉刀锉得更快了，在潜水钟里仿佛都能听见锉缆绳的声音。

海上的轮船全力拉动铁网和潜水钟，他们想抢在缆绳被割断之前把它们拉上去。还有十米就接近游隼轮了，再坚持一下。就在这时，缆绳断了，螃蟹精松开了缆绳，消失了。铁网以惊人的速度向下坠，铁网松开，十五个箱子四散坠落，有的撞在了大洋丸的甲板上，有的撞在了海底的礁石上，已经腐烂的木箱被撞坏了，金光闪闪的金块七零八落。

— 贤吉的危难 —

得知金块散落的消息，游隼丸上一片哗然。大家决定立即派出五名潜水员下水去收集金块，然而这需要一系列的准备。此时正值深夜，实施起来难度更大。游隼丸的甲板上挂起了好几盏明亮的电灯，灯光下大批的船员来来往往为潜水做着准备。

贤吉跟在父亲身边，一直注视着这忙碌而紧张的场面。突然他想起些事，得回船舱去一趟，便下了甲板往舱门走去。他发现对面黑漆漆的甲板上有一个水手正频频向他招手。因为船上主要的人员和船员们都在船舷那边为潜水员下水做准备，灯光也全集中在船舷那一段，所以船上其他地方一片漆黑。贤吉心中生疑，怎么会有水手在这光线昏暗的甲板上向他招手呢？"有什么事吗？"他问道。只见那水手笑嘻嘻地说："小林在那里等你呢，他让我过来叫你。"对方说出小林二字，那肯定是指明智侦探的助手小林。小林跟着潜水钟潜入海底，刚才潜水钟被拉上来时他已经出来了，现在应该正在自己船舱休息，怎么会这个时候叫人来找贤吉呢？

"小林在哪里？"贤吉又问，那个水手指了指船尾："那边，他说找你有急事。"贤吉向黑漆漆的船尾走去，心里暗自疑惑，不过他做梦也没想过船上会有敌人。如果真的是少年侦探团团长小林找他，他这个团员就不得不执行命令。他稍一放松警惕就跟着水手走了过去。

船尾的甲板上光线暗得有些吓人，即使瞪大了眼睛也看不见哪里有人影。

"小林在哪儿呢？这里没有人啊。"贤吉怯怯地问道。

"看，就在那儿，桶那边。"说着水手抓住了贤吉的手。只见三米远的地方有个类似啤酒桶的木桶，大小比一般啤酒桶要大很多。贤吉很困惑，小林到大桶这里来干什么呢？他朝木桶走近几步。大桶的后边并没有人，盖子是开着的。难道小林在桶里？他朝桶里看了看，桶里既没有酒也没有水，是空的。

"你要干什么？"贤吉刚想叫，嘴就被一只大手捂住了，刚想挣扎又有一只大手抱住了他，再挣扎也是徒劳。水手抱起贤吉，轻轻松松地就把他装进了大桶，盖上了盖子。水手从口袋里拿出钉子和锤子，开始封桶。

这一切发生得太意外了，船上所有人都在为潜水做准备，谁也没注意到船尾的动静。这水手究竟是谁呢？他把贤吉装进桶里想做什么？难道这水手是铁人鱼团伙的部下？他在游隼丸离开大阪港的时候就一直装扮成水手躲在船上吗？水手从旁边拿过一条长绳，捆住大桶，然后抱起大桶走到船尾的船舷边，紧张地注视着夜色中的海面。这时，离游隼丸三十米远的海面上出现了灯光。一个玻璃似的圆球浮在海面上，球上有电灯，刚一亮又灭了。不过一眼就能认出那圆球就是可怕的鱼形潜艇。鲸鱼似的黑色船身一半露出在海面上，背部突起的圆形玻璃状物体里闪着灯光，灯光是向游隼丸船上的水手发出的指令。

接下来更可怕的事情发生了。水手抓住绳子，将装有贤吉的大桶顺着船舷放到了海面上。大桶摇摇晃晃地浮在层层的波浪上。水手脱去上衣，只穿一件汗衫。他将绳子的一头穿过船舷的栏杆，自己拉着绳子也下到了海面上。他一边踩水一边把绑在栏杆上的长绳拽回来，把长绳捆在自己身上，悄无声息地游了出去。不用说他的目标就是鱼形潜艇。

随着水手的游动，绑在绳子另一端的大桶也被拉着向鱼形潜艇方向前进，不一会儿就到了鱼形潜艇近前。鱼形潜艇好像一直在等他们似的，背上的圆形玻璃突然打开，里面露出了一张人脸。"还顺利吧？""嗯，孩子在桶里。你把这绳子捆到尾巴那儿去。"海里的水手说着上了潜艇，顺着玻璃入口进到了潜艇里。而原来在艇里的男人则换到了潜艇背部，他拽着绳子一头跑到潜艇尾部去了。过了一会儿，男人又跑了回来："绑牢了，现在可以放心了。"说着他也从潜艇背部的入口进了舱，圆形玻璃盖立刻就盖上了。鱼形潜艇静静地向海底沉去，只剩下被绳子牵拉着的大桶在波浪上颠簸。

— 洞穴里的古怪 —

贤吉被装进木桶后,因为受惊一时失去了意识,不过不久他就觉察到自己所在的木桶正在晃动。"我一定是被他们扔到了海上,现在正随波漂流呢。"他恍然大悟。眼下这种情况实在令人心慌。木桶密不透风,大声哭使劲叫也没有人听得见。"爸爸——妈妈——小林!"就算知道没人能听见,贤吉还是叫出了声。

突然,贤吉感觉木桶摇晃的方式发生了变化,之前都是随着波浪上上下下地晃动,现在却成了朝一个方向移动。木桶移动的速度很快,乘风破浪,就像被一个快艇拽着急速向前。随着外力的拉拽木桶开始打转,贤吉的身子在桶里也被抛上去又横过来，不停地转动。他的身子撞击着木桶，苦不堪言。

不一会儿，贤吉就不再只是身体被摇来晃去，连呼吸也困难起来。木桶盖子密封着，一点水也渗不进来，桶内空气越来越糟。也就是说氧气越来越稀薄，叫人喘不上气。照这样下去，再过一会儿人就真的要死了。

贤吉沉浸在痛苦中，不知道又过了多久，他忽然感觉木桶不动了。之前木桶不住地摇晃，现在却纹丝不动，耳边安静得出奇。突然木桶又好像被举了起来，晃动了一下，却并非随波漂流的感觉。紧接着贤吉的头顶响起巨大的声响，木桶里顿时钻进一股冷气。木桶盖打开了，当贤吉吸到这股空气时立刻感觉浑身舒坦，他做梦也没想到世上还有如此甘甜的空气。

有人抱起了贤吉，把他抱出了木桶。尽管衣服已经换掉，来人还是先前的坏蛋水手。更令贤吉吃惊的是他们此刻正在一个洞穴里，类似一个用凹凸不平的黑岩石筑成的隧道。贤吉被带到强盗们住的石洞里来了。逃跑的可能性不大，那个坏水手正守在他身边，况且他已经筋疲力尽，一点劲儿也没有了。贤吉蜷缩在木桶旁边，呆呆地看着周围的一切。

这时从隧道深处、洞穴对面闪过一个东西。因为洞里光线昏暗，看不清楚，但那是一个叫人毛骨悚然的家伙。贤吉吃惊地盯着那个方向，只见一个怪异的人影从岩石一角闪了出来。贤吉不禁大叫起来，试图逃跑，却被水手有力地按住了肩膀，按在了地上。

"哈哈哈，我不会吃你的，老老实实待着吧。我们有些急事要办，现在得出去。"那家伙靠近贤吉，露出了整个身体。它就是可怕的铁人鱼——和成年人一样高大，浑身长着铁鳞片。从头顶到背部长着一排锯齿般尖锐的铁鸡冠，眼放蓝光，嘴巴咧到耳边，两颗利齿突出唇外。铁人鱼用铁手在岩石上爬行，身后拖着鳄鱼似的长尾巴，尾巴下有两条短短的腿，可以手脚并用自由地活动。

贤吉吓得紧贴着岩壁，惊恐地看着怪物，可怪物并没有看他，从他面前走过去出了洞门。紧接着洞里又有了动静，仔细一看，又一个和刚才出去的那个一模一样的铁人鱼从洞里慢吞吞地出来了。不，不是一个，是一队，同样的怪物就好像亚马逊河里的鳄鱼群一样，一个接着一个地走了出来。贤吉被眼前的情景吓呆了，根本顾不上数，事实上他的面前一共经过了八个铁人鱼，都朝着洞外走去。

这简直跟做了个噩梦一样。原先大家都以为铁人鱼只有一个，没想到洞里竟然藏着这么多，而且它们还一起出了洞，到底发生了什么事？

难道这些怪物是去破坏游隼丸打捞金块的吗？这么多的怪物要是都在海底闹腾起来，会发生什么样的场面呢？贤吉已经没有力气去想这些问题了，他精神恍惚。这时水手拍了拍他的肩膀，诡异地说："走，到里面去，头领在等你呢。"头领？到底会是谁呢？贤吉被水手领着，走在凹凹凸凸的岩石上，进入了洞穴深处。

他们在弯弯曲曲的洞里走了一会儿，突然眼前一亮，洞内变大了，像是到了一个岩石围成的房间。屋里有张豪华的雕花桌子，上面摆着西洋烛台，烛台上点着三支蜡烛。桌前放着一把同样的雕花大椅子，上面坐着一个周身黑衣的怪人。一条黑色天鹅绒的面罩从头盖住了他的脸，只在眼睛和嘴巴的地方露出三角形的窟窿，窟窿里一双凶光闪闪的眼睛直勾勾地盯着贤吉。他的身上同样罩着黑色天鹅绒的宽大披风。这人就是头领了吧？

"宫田贤吉带来了。"水手毕恭毕敬地行了个礼。

"嗯，很好。是装在桶里带来的？"黑衣怪人嗓音又粗又哑。

"是，我扮成游隼丸上的水手，把这小子装进桶里，绑在潜艇上，一直拖到这儿来的。船上的人都在忙着潜水的准备工作，没人发现。"

"好，好，干得漂亮。现在就好办了……喂，贤吉，你不用怕，你是我们宝贵的人质，你就在这儿好好地玩儿吧。一旦你父亲答应了我的条件，我就放你回去。"黑衣怪物从面罩的三角形窟窿里露出嘴巴，细声细气地说道。

贤吉狠狠地反问："你想让我爸爸做什么？怎么做才能放我走？"

黑衣怪物不怀好意地笑笑，说："你想知道？真是个勇敢的孩子。就是想让他把大洋丸的金块都交给我，如果他答应的话我马上放你走，否则你就在这好好待着吧。"

天啊，贤吉成了可怜的人质。不过，这个黑衣怪物会是谁呢？贤吉的命运又会怎样呢？还有，刚才从洞里出去的那八个铁人鱼到底又有什么样的行动呢？

─消失的鱼形潜艇─

　　游隼丸上潜水的准备工作终于完成了,五名潜水员潜入海底去收集那些散落的金块。这时已是晚上八点,海上一片漆黑。他们将新换的铁网和缆绳随潜水员一起沉入大海。提着水下电筒的五个潜水员把在海底找到的装金块的箱子放入铁网中。用了一个小时,铁网里才装进六个木箱。上一次他们一共在铁网里装了十五个木箱,其中七个落下时已经撞坏,里面的金块全部散落出来,掉进了海底的泥沙中。要一下子把它们全部找到恐怕不可能。等他们在铁网里装进八个木箱时,一名潜水员就通过面罩里的电话向游隼丸报告,让他们先将这些箱子拉上去。游隼丸上的人员在甲板上接到电话,立刻就发动机器将悬挂铁网的缆绳卷了起来。这一次,他们没有遇到那只大螃蟹,八个木箱很顺利地就拉上了甲板。

接着,留在海底的五名潜水员分头潜入泥沙中去寻找散落的金块。海底不仅仅只有泥沙,还长着许许多多的海藻,要想从中找到沉没的金块可不是一件容易的事。可五名潜水员都想尽量多找一点,于是大家都聚精会神地在昏暗的海底四处搜寻。

尽管他们拿着水下电筒,光线的照射范围却只有三四米,五个人就像走在墨汁里一样,连自己同伴的影子也看不清。仅有几盏电筒的亮光在周围时隐时现,人影却无法辨别。突然他们发现对面有两个圆形的光点正向自己这边迅速地移动过来。那不是电筒的光,光线相当强,而且一眨眼就到了近前。

"啊,是鱼形潜艇。"一名潜水员不由得叫起来,叫声传到了游隼丸船上的听筒里。甲板上一位工程师正在接听海底的消息,他听见叫声立刻向船长做了汇报。船长命令无线电工程师将这个情况传达给自己一方的潜水艇，让它去驱赶鱼形潜艇。

　　大海底下，鱼形潜艇已经来到了潜水员的面前。两只放光的"眼睛"将四周照得通亮，使大家可以模糊地辨认出鱼形潜艇的整个形状。潜水员们见此情景，吓得身体僵硬，既叫不出声也跑不动。潜艇的背部还有一群模样丑陋的家伙，一个挨着一个紧紧地贴在潜艇上。它们就是那八个铁人鱼，模样完全相同的八个怪物密密麻麻地挤在一起。

　　潜艇往下沉了沉，贴着海底驶了过来。八个趴在潜艇背部的铁人鱼一个接一个地跳下来，组成一个巨型螃蟹的样子向潜水员们爬了过来。

　　"快，把我们拉上去。铁人鱼来了。快，快拉。"五名潜水员七嘴八舌地叫了起来，叫声在游隼丸上的话筒里回荡。工程师赶紧向机械师发出打捞的指令，缆绳快速地卷了起来。不一会儿，五名潜水员就手忙脚乱地爬上了船舷。他们脱去面罩，将海底的恐怖经历做了详细的报告。

话分两头，另一方面，海底的潜水艇在接到从游隼丸传来的无线指令后，立刻赶往了潜水员们所在的海域。他们到达时正赶上八个铁人鱼跳入海中。鱼形潜艇很快发现了潜水艇的行踪，拼命地逃了开去。闪着两只"大眼睛"的怪鱼和追赶而来的三眼潜水艇，双方都在海底全速前进。海底的鱼群受到这两个巨大怪物突如其来的袭击，四处奔逃。两艘潜艇的前灯照得它们身上的鱼鳞金光闪闪，绚丽夺目。

两艘潜艇相距大约五十米。逃跑的鱼形潜艇朝着海角方向的海岸一路狂奔，就在快要接近海岸时突然消失了踪迹。它大概关掉了那两盏眼睛似的前灯，赶来的潜水艇用自己的前灯将四周仔仔细细地查看了一遍，但都没有发现那艘巨大的鱼形潜艇。就像溶化进海水里了似的，鱼形潜艇失踪了。

这一带的海底满是礁石，有的竟有小山那么大。也许敌人藏在礁石后头了吧，潜水艇在周围找了好一阵子还是没有收获。这么大的一艘鱼形潜艇不可能藏得一点痕迹都没有，更不可能像幽灵一样凭空消失。无奈之下，潜水艇只能用无线电向游隼丸报告了海底的情况，准备撤回海面。

可是，鱼形潜艇到底去哪儿了呢？那么大的一个家伙不可能埋进泥沙中，海带的丛林也没大到可以藏住鱼形潜艇的地步。也许它浮上了海面？潜水艇浮出了海面，却依然没有鱼形潜艇的踪迹。难道是海底的魔法？奇怪的铁人鱼团伙掌握着奇怪的魔法？

—明智侦探乔装—

游隼丸无线电室接到潜水艇上发来的报告,得知鱼形潜艇已经失踪。他们还来不及惊讶,又接到了一个奇怪的电波。"游隼丸,游隼丸。"几次呼叫之后再传来的就是不断重复的相同电文:"宫田贤吉已在我们手中,请拿大洋丸上的金块前来交换,如若不然就等着收尸吧。请回话。"无线电工程师赶忙拿着电报去找船长。

"什么?他们抓走了贤吉?宫田先生,贤吉在哪里?我收到一封奇怪的电报。"一旁的宫田先生和明智侦探从船长手中接过电报,看了看上面的恐吓内容。

"贤吉刚才说要回自己的舱房,已经下去了

呀。"宫田先生脸色苍白,低声说道,"我们去船舱看看。"明智侦探说着就向通往船舱的舱门跑去,宫田先生紧随其后。不一会儿,明智侦探和宫田又回到了甲板上。

"船舱里没有人,贤吉不见了,大家分头到各处去找一找。"明智侦探叫道,船上立刻骚动起来。船员们分成几组找遍了船上的每一个角落,可是都没有发现少年的影子。

"奇怪,一个叫北川的水手也不见了,难道是他……"一位船员报告说。

"是吗?他大概就是敌人派来的奸细。贤吉不可能一个人从船上凭空消失。"船长懊恼地说。"可能被抓到鱼形潜艇上去了吧。我们刚才都把注意力集中在准备潜水的工作上,他们的潜艇从背后浮出海面,趁我们不注意把贤吉抓走了吧。"工程师说出了自己的想法,大家也表示赞同。"不过,如果我们不回话,贤吉也许就要遭殃了。可我们也不能交出金块呀。明智先生您觉得该怎么办?"宫田先生白着一张脸问明智侦探。

"你发电报告诉他们,我们明天给他们答复。答复他们之前我正好要试着做些事情,说不定还能救回贤吉呢。"明智侦探挺有信心地回答道。于是船长叫来工程师让他发电报通知对方,等明天再给他们答复。

"明智先生,您说想做些事情,究竟是什么事呢?"船长问道。不料明智侦探竟然说:"今晚我想偷偷地回到岸上去。坐船恐怕会被敌人察觉,所以我想坐潜水艇到海岸附近,然后游到岸上。我会带小林一起走,明天中午之前回来,也可能会晚一些。我回来之前你们不要答复他们。"

大家还想再问问清楚,明智侦探已经不再作答了。不过宫田先生和船长都深知这位大侦探的手段,所以不再追问,同意了明智侦探要上岸去的想法。

听到这里,小林兴奋无比。他想到自己将和老师一起乘潜艇去冒险就激动不已。等他们俩出发时已经是深夜了。游隼丸放下了一艘小船,让明智侦探和小林乘小船到浮在不远处的潜水艇上。潜水艇一接到他们立刻就沉入海底,十分钟不到就靠近了海岸。那一带净是礁石,连栈桥也没有。潜水艇在离岸边一百米左右的地方浮出了水面,明智侦探和小林脱去衣服和汗衫,与鞋子一起团成一团绑在头顶之后,跳入了海水里。

海岸一带都是陡峭的断崖,湍急的海浪在下方拍打着岩壁溅起白色的浪花。断崖中只有一处岩石较低,可以停泊小渔船,他们俩朝着那个小码头奋力地游了过去。明智侦探自不用说,小林的水性也相当好,两人劈波斩浪游到对岸爬上了岩石。他们擦干了身体穿上衣服,沿着层层叠叠的岩石往高处走,在黑漆漆的荒地上向最近的渔村赶去。海岸附近既无水田也无旱田,荒地上只有五六幢渔民的房子,实在荒僻得很。而这仅有的五六户人家也都已经睡下,灯光皆无一片寂静。

他们敲开了一家的房门,拿出了很多钱,要对方给自己几件渔民的衣服。他们换下身上的衣服,装扮成一大一小两个渔民——脏兮兮的卡其色长裤，破烂的汗衫，头上还有一条花里胡哨的头巾。现在他们俩就是这样的装束。

"脸好像还是太白了一点，我们来化个妆吧。"明智侦探说着用手蹭了蹭渔民家墙壁上积的煤灰，又把它涂在了自己和小林的脸上。这下他们俩成了彻头彻尾的渔民。他们坐下来，向当地人具体询问了附近的地理环境。尝试冒险前，他们必须先弄清当地的情况。说话间，东方就泛起了鱼肚白，太阳马上就要升起来了。

两人向渔民道了谢走出房门，屋外已经没那么暗了，脚下的道路都看得很清楚，走起来也很轻松。明智侦探二人就这样沿着海岸走了过去。可他们并非笔直向前，而是一遇到松林就进去瞧瞧，碰见隆起的小山坡就在它周围转转，如果地面上有洞口，他们就朝洞里看看。他们一边走一边好像在寻找什么。

他们向大海望去，游隼丸就像一个黑点。等他们走到最靠近游隼丸的地方，明智侦探加倍小心地检查了附近土地的情况，不一会儿他突然站起身，紧紧地盯着松林的方向。松林里有五六棵大松树，下面还有不少茂密的灌木。明智侦探好像发现了什么。

"轻点，别出声。"侦探小声对小林说，他们把身子藏在大松树粗壮的树干后，透过树影向对面张望。天色还没有完全放亮，盯得时间久了，眼睛也慢慢适应了环境，感觉对面的物体越来越清晰。

"这地方还有鼹鼠啊。"小林惊讶地看着前方，草丛里有动静。明智侦探有着猎犬般的灵敏，所以他早就注意到了这一点。草丛动得越发厉害了，一块六十厘米见方的泥土和杂草一起被掀了起来，紧接着长着草的泥土还在向旁边移动，之后就露出了一个四方形的洞穴。

接下来又发生了更不可思议的事情。有东西从洞口探出了头。不是鼹鼠，是人头。这颗人头非常谨慎地向四周张望了一下，他并没发现对面躲着的两个人。他确定周围没有人之后，从洞中钻了出来，是一个当地渔民模样的男人，大约三十五六岁，身体强壮。

这究竟是怎么回事？从海岸的地底下钻出了一个人。这个男人是像地蜘蛛一样生活在地下的吗？那个黑洞下面究竟有什么呢？里面是类似防空洞那样，宽敞得可以住人的地方吗？

洞里出来的男人将长草的泥土放回原处，盖住洞口，又朝四周看了看，就匆匆忙忙地走了。明智侦探看到这儿，捅了捅小林的胳膊，向他打了个手势，然后悄悄地跟在了男人身后。行为怪异的男人朝与海岸相反的方向走了过去，那里有个更大的渔村，比刚才明智侦探他们去过的大得多。路上矗立着一个隆起的山丘，男人就在山丘下行走。这时明智侦探又捅了捅小林的胳膊，旋即飞奔起来。明智侦探的速度相当快，就像刮起了黑色的旋风，小林紧跟在他身后拼命地跑。明智侦探的黑影朝男人背后扑了上去，一下子就将男人按倒在了地上。

― 赤 身 勇 士 ―

明智侦探为什么要抓那个男人呢？明智侦探要把他带去哪里，做什么？我们暂且先把这些问题放一放，来看一下五六个小时之后，也就是中午时分发生的事吧——

游隼丸停泊在海面上，宫田先生、船长、打捞公司的工程师以及其他多名船员都聚集到了甲板上，他们目不转睛地望着大海。一艘小船正从海岸向游隼丸驶来，小船上坐着一大一小两个渔夫，大的正在摇橹。不一会儿小船就驶到了游隼丸的下方，小船上的人朝甲板上的人群挥了挥手，大声叫道："请把梯子放下来。"陌生的渔夫想到游隼丸上来。

"你是干什么的？有什么事？"船上不知谁大声问了一句。

"我是明智啊，好好看看我的脸。我身边的就是小林。"甲板上的人听来人自称明智都吃了一惊。不过仔细一看，还真是明智侦探，只不过脸有点黑有点脏。大家赶紧把梯子放了下去。渔夫模样的明智侦探和小林爬上梯子，登上了甲板，和宫田先生、船长以及工程师一起下到船舱里去了。他们在船舱里大约商量了半个小时，之后明智侦探夹着一个黑色的大包袱又回到了甲板上，他带着小林再次返回小船，向满是岩石的海岸驶去。

他俩刚刚离开，游隼丸上立刻就忙碌了起来。船长把船员和水手们都召集到一起，向他们发出了命令。船员和水手匆匆忙忙地四处走动像是在准备什么。眼前的情形就像一场大战即将开始。

无线电工程师用无线电将自己这方的潜水艇召了回来，不一会儿那艘小型潜水艇就在游隼丸附近浮出海面。游隼丸放下自备的小船，船上坐着十三个赤着上身的船员和水手，他们身上只有一条衬裤，每个人肩头的肌肉都高高隆起，手臂粗壮而有力。这些赤着身子的人身上都背着氧气筒，头上戴着潜水眼镜，脚上装着大大的脚蹼，手里还拿着一杆样子很怪异的水枪。小船通过缆绳和潜水艇绑在了一起，过了一会儿，浮在海面上的潜水艇就拖着小船出发了。

大约二十分钟后，潜水艇沉入了海角边满是礁石的海底，三盏前灯在水下放着光亮。在断崖似的岩石边有个大大的洞穴，昨晚敌人的鱼形潜艇就是在这附近消失的。那时洞前矗立的岩石挡住了视线，所以大家都没有看见。刚才明智侦探告诉大家鱼形潜艇消失的地方肯定有洞穴，嘱咐大家好好找一找。于是潜水艇就在这附近仔细寻找，终于发现了这个洞穴。洞穴大小正好能容得下一艘鱼形潜艇。洞的深处因为光线太暗，看不清楚，凭感觉洞里应该很深。潜水艇拖着十三位赤身勇士乘坐的小船。他们从船上下到海底，在洞口四周游动。

昨晚出现在游隼丸附近海底的铁人鱼，估计捡起了散落的金块之后，就回到了这个洞里，而铁人鱼也许还会出现。现在这些赤身勇士就守在洞口，打算一旦发现铁人鱼出来就用水枪向他们射击。十三位勇士戴着潜水眼镜，背着氧气筒，脚蹬大大的脚蹼，拿着水枪，在洞穴的上下左右四处游动，场面非常壮观。其中一位潜入了洞内，准备侦察一下洞中的情形。根据明智侦探的报告，贤吉应该是被带到了这个洞穴里。幸运的话，他想游进洞里，寻找贤吉的下落，还不知道贤吉在洞中受了怪物们怎样的折磨呢。

—洞穴里的监牢—

此时,贤吉正被关在洞穴里的牢房中。

赤身勇士们四处游动的洞穴深处是个宽敞的地带,敌人们把鱼形潜艇藏在那儿。如果继续向里走,洞穴就渐渐往高处延伸,接下来就有一个高出海平面的干燥的洞窟。像溶洞一样,洞里既有错综复杂的岔道,又不时出现屋子似的宽阔地。铁人鱼发现了这个不为人知的洞窟后,就将它作为了自己的大本营。

就在一条弯弯曲曲的小岔道上有一处两帖榻榻米大小的凹陷,前面竖着粗杉树干搭起来的栅栏,往里就是监牢。黑漆漆的牢房里,一个身着学生装的少年正无精打采地蜷缩着身子,少年就是贤吉。

贤吉并没有受什么苦，一日三餐也有人送来，可毕竟是关在栅栏里面，哪里也去不了，况且没人和他说话，他只能这么静静地待在黑暗中。事实上，他不但孤单而且无助。

"小林和明智先生现在都在干什么呢？肯定没有人知道我已经被抓到这里来了。明智侦探再聪明也不会想到吧。啊，好想爸爸啊。我干吗要跟着大家一起来坐游隼丸嘛，不来的话就好了，那样我现在就能待在东京的家里，跟妈妈在一起了。"贤吉想着，突然好想放声大叫："爸爸，妈妈……"他的双眼满含泪水，一滴一滴地滑落。

这时，他发现栅栏外边的岩壁上有亮光，似乎有人打着手电向这里走来。"是贼人的手下吧？他来给我送饭。"贤吉想，不过现在离吃饭的时间还早啊。"难道他们要带我出去，让我吃点苦头？"贤吉想到这儿，已经吓得够呛了。他不由得退到角落里，浑身发抖。

凹凸不平的岩壁上，光线越来越亮了，像怪物眼睛一样的电筒正晃晃悠悠地向贤吉照过来。看到这情形，贤吉的心脏敲鼓似的咚咚直跳，速度快得惊人。手电光在牢房的栅栏前面突然停住了，它往牢房里照了一圈，然后来人把灯光集中在自己脸上，让贤吉看清他的样子——是那个常来送饭的贼人。

男人右手拿着电筒，左手抱着一个孩子大小的黑色包袱，这来路不明的包袱样子有些吓人。贤吉一想到包袱里也许装着什么可怕的东西，身子就抖得更厉害了。

"贤吉……"男人叫了一声，声音很温和，这让贤吉有些奇怪。这声音和男人平时的声音不大一样。

"是我，是我呀。我化装成了坏人的模样，你好好看看，我是明智啊。"听到这话，贤吉立刻站起身来。他走上前去，盯着男人的脸看了一会儿，装扮和贼人没有两样，可仔细看，真的是明智先生。明智先生熟悉的面貌从涂得黑黑的脸上浮现了出来。

"啊，先生。"贤吉抓着栅栏情不自禁地叫了起来。

"小声点，我是来救你的，小林随后就到。"明智侦探说着将手电高高举起，朝着隧道似的洞穴对面晃了两三下，似乎是在打某种信号。有人从黑暗的洞穴对面走了过来，当他出现在明智侦探手电光线之下时，是一个一身渔夫打扮的少年。正当贤吉感到诧异的时候，他再定睛一瞧，这孩子脸上也涂着黑灰，不过样貌有点像小林。果然是乔装改扮了的小林。

"啊，小林……"贤吉又要叫出声了。明智侦探掏出早就准备好的钥匙，打开了牢房的木栅栏，和小林两个人一起走进了牢房。

"贤吉你没事真是太好了。"小林一把抱住了贤吉，贤吉也紧紧搂住小林，他俩就像久别重逢的哥儿俩一样互相拥抱，久久不分开。

"贤吉，要救你出去我们得玩点花样，这事不太好办。动作慢了的话可能会被敌人发现,到时候就麻烦了。所以我们得赶快,具体的事我们一会儿再说,先来布置下这个把戏。你跟小林把衣服换一换。"明智侦探说着自己也动手帮忙,迅速地将两个人的衣服掉了个个儿。也就是让小林穿上学生装,扮成贤吉,贤吉穿上小林身上小渔民的衣服。

换完衣服后,明智侦探从怀里掏出一块湿手巾,把小林涂了黑灰的脸擦干净,又用这条脏了的手巾,在贤吉脸上抹了抹。于是,小林脏兮兮的脸变干净了,贤吉干净的脸很快变成了小渔民风吹日晒的脸。

"贤吉,你和我一起从这个通往陆地的洞口逃出去,坐上船回游隼丸去。我也换下这身衣服,穿上渔民的衣服,让人家觉得我们是一对渔民父子,这样我们乘船就不会引起别人的怀疑。"明智侦探说着,将刚才抱在左手的大包袱交给了装扮成贤吉的小林。

"怎么样?好好干啊,我还会回来的。在我回来之前，就靠你凭本事稳住敌人了。"

"明白，放心吧，我保证完成任务。"小林劲头十足地答道。

于是，明智侦探走出木栅栏，将藏在附近岩石中的渔民行头换上，带贤吉转过弯弯曲曲的岩石隧道，赶往刚才他们发现的那个开在陆地上的小洞口。

不一会儿，贼人的洞窟里发生了一桩莫名其妙的事。

一个贼人拿着手电走在隧道中时，发现对面有一个黑影晃了一下，似乎是一个个子很矮的孩子。贼人吃了一惊停下了脚步。"伙伴中没有个子这么矮的人呀。难道是贤吉那小子砸了栅栏逃出来了？"如果真是这样就糟了。男人赶紧朝黑影追了过去。

"谁在那儿？站住！还不站住？"男人晃动着手电向前跑，可那小小的人影就像松鼠一般敏捷，他在迷宫一样的洞穴里到处乱钻，最后消失不见了。

"好灵活的家伙，如果他就是贤吉的话，那牢房现在一定没有人。我先去查看一下。"男人想着朝牢房的方向跑去。他来到栅栏外边站住了,用手电往牢房里照了照,奇怪,贤吉还在里面。他就在岩洞的一角,耷拉着脑袋,一动不动地蜷缩着。

尽管男人想要进去仔细查看,可栅栏上上着锁,没有钥匙打不开。牢房的钥匙则在明智侦探装扮成的那个穿夹克的贼人那里。于是男人为了找他,向贼人们聚集的宽敞地带跑去。男人在隧道中跑动时,发现对面的黑暗中又出现了一个小小的黑影。他赶紧用手电照过去,人影立刻躲进拐角处,不过他和贤吉一样穿着学生装,身高也完全相同。

男人感觉自己在做梦,心里有点别扭。有两个贤吉,一个在上锁的栅栏里蜷着,一个自由自在地在洞穴里窜来窜去。怎么会有这么奇怪的事?男人感到一丝迷惑,他赶紧走到黑衣蒙面头领的屋子里去,汇报了刚才看见的一切。头领让大家都出去寻找保管钥匙的杰克。

可他们在洞穴里分头行动找了半个小时,既没看到奇怪的孩子也没找到杰克。搜查不了了之。又过了半个小时，一个手下闯进了头领的屋子，慌慌忙忙地向头领作了汇报："来了，来了，看管贤吉的杰克不知道从哪里回来了，正往这边来呢。"

杰克是保管着牢房钥匙的男人的外号。就在贼人的汇报即将结束时，杰克进了头领的房间，他上身一件夹克下身一条卡其裤子。

—奇怪的少年—

头领将杰克叫到桌前,责问道:"杰克,你小子跑哪儿去了?大家找了你一个小时。你小子究竟上哪儿野了这么久?"杰克站在头领面前,笑嘻嘻地搔了搔脑袋,说:"去村子里找渔民弄了点吃的,一不小心,就回来晚了……"

"啥?你野到村子里去了?不是跟你说了好几遍,一办完事就赶紧回来的吗?跟渔民们混熟了,让他们知道我们的藏身之处可就糟了。"

"对……对不起,下次一定注意。"杰克低下头保证说。

"牢房里那小子归你管吧?牢房里出事了。那小子好像从牢房里逃出来了,他在洞里四处游荡呢。也不知道那小子怎么一下子变得这么敏捷,大家抓都抓不住他。可大家回去检查牢房,他却仍在里面缩着。简直莫名其妙。大家都说那小子会分身,一个变两个了。当然这样的事是不可能发生的,其中一个一定是假的,所以大家想去牢房里查看一下。只是钥匙在你手里,咱们都开不了门。走,赶紧去查看一下。你小子不会把钥匙弄丢了吧?"

"没,没,钥匙在这儿呢,我跟你们过去。"杰克说着先走了一步,蒙着面穿着披风的头领跟在他的身后。他们俩穿过黑漆漆的岩石隧道来到牢房前,杰克掏出钥匙打开牢门,两个人一起走了进去。只见贤吉低着头缩在岩洞的一角,听见有人进来,也没动身子,不知道是睡着了还是已经死了。

头领大步走了上去,一把抓住贤吉低着的头,将它仰了起来。头领看了一眼面前的这张脸,不禁叫出了声,摇摇晃晃地后退了两步。眼前不是一张人的脸,杰克也被吓了一跳。二人为什么如此吃惊？因为那不是一张活人的脸，而是一个人体模型的脸。就是服装店橱窗里放着的那种小孩模型的脸。

头领发现面前只不过是一个模型后，愤怒地扯掉了模型身上的衣服，衣服下竟是一具稻草人。一个在稻草人身上穿着衣服的假贤吉。

"贤吉那小子果然逃跑了，他拿个模型来蒙蔽我们。"头领一把扯出稻草人身上的稻草，用脚踩了几下。可是，这模型到底是谁带进来的呢？而且把自己衣服穿在了稻草人身上，一个人逃走的贤吉，他自己又穿着什么衣服呢？头领一脸惶惑，侧了侧脑袋。

各位读者应该都已经看明白了吧。明智侦探假扮成贼人的手下杰克，从游隼丸上拿来了模型放在了牢房里，给它穿上贤吉的衣服后，又让贤吉穿上小林身上的那套渔民装束。明智侦探自己也换上渔民的行头，将真正的贤吉坐船带回了游隼丸。所以洞里不时可见的那个身影，其实并非贤吉而是小林。小林穿着贤吉的衣服，扮成了贤吉的样子。

这些贼人头领统统不知道。因为洞里光线昏暗，再加上明智侦探高明的化装术，让头领以为自己面前的就是真正的杰克。

"我亲自去把贤吉抓回来，他一定还在洞里。杰克，你小子也来帮忙。"头领走出牢房，在黑漆漆的岩石隧道里转来转去。杰克跟在他身后，为他打手电。他们走了一会儿，只见对面有一个小小的黑影，突然从旁边窜了出来。

"在那儿，那个肯定是贤吉，别让他跑了。"蒙面的头领甩动黑衣朝那个方向追去，杰克也紧紧地跟在他身后。

"就在那儿，在那儿。确实是贤吉那小子。"

头领越发加快了脚步。毕竟一个是孩子一个是大人，孩子怎么能跑得过大人？追赶的和被追的人之间距离越来越短。啊，不好，扮成贤吉的小林眼看就要被抓住了。

"啊，那小子上台阶了。他要逃出洞去。"头领一边跑一边懊恼地说。石头台阶上面是刚才那个通往地面的洞口。头领奔上台阶，打算从下面抓住孩子的衣服，就差三十厘米了。然而，孩子的速度相当快，他推开了通往地面出口的长满草的土块，一下子钻出了地面。

蒙面头领也跟着把头探出了洞口，可眨眼间他又把头缩了回来。因为洞外情况不妙。不知道怎么回事，洞外的树林里已经站了五六位身穿警服的警察，他们一起瞪着洞口，装扮成贤吉的小林跑到他们中间去，笑嘻嘻地站住了。

"糟了，警察来了。杰克，快跑，快点儿。"头领赶紧冲下石阶，推着杰克往洞穴深处走。他们俩在弯弯曲曲的洞中死命地奔跑，一直跑到离海最近的那个宽敞洞窟中，洞里挤着八条可怕的铁人鱼。

— 怪 兽 的 秘 密 —

八个铁人鱼像关在笼中的野兽似的聚集在宽敞的洞窟里。狰狞的铁面上一双闪着磷火般蓝光的大眼睛，嘴巴咧到耳边，锋利的牙齿伸出唇外。他们全身长着铁的鳞片，从头顶到背部还覆着一长排尖锐的锯齿状铁鸡冠。铁人鱼身体与尾巴酷似鳄鱼，亦均由钢铁制成，身高则超过一般成年人。这样的铁人鱼，有一个都怪让人害怕的，何况有八个密密麻麻地挤在一起，恐怖的程度简直不敢想象。

蒙面头领在杰克手中电筒光线的照耀下，走进了怪兽们的洞窟，朝铁人鱼们大声命令道："各位听好了，现在警察已经踏进了我们地面上的入口。你们到半途中去阻击他们，把他们统统给我赶出洞去，然后用大石头给我把洞口堵上，绝不允许他们再闯进来了。听明白了吗？走，大家一起去。"铁人鱼们一声不响地听着头领的号令，静默了一会儿，却突然发出了很多铁块摩擦的声响，响声非常吓人。这是铁人鱼们在异口同声地发笑。

"你们怎么回事？听不懂我的话？笑什么？还不服从命令？"头领凶狠地骂道。可铁块互相摩擦的声音不但没有停息反而越来越大了。怪兽们根本没把头领放在眼里，自顾自笑下去。

"你们疯了吗？好，让我给你们点颜色看看。"头领突然抬起穿着鞋子的脚，向身边一个铁人鱼的脸上踢了过去。没想到铁块摩擦的声音立刻变得更猛了，八个铁人鱼从四个方向朝头领扑了过来。它们闪着磷光的眼睛像要燃烧了似的，锋利的牙齿磨得咯咯直响，它们张开两只指甲长长的爪子，将头领团团围住，眼看就要抓住他了。怪物团的头领看到这个情景也大惊失色，他站定下来，根本不知道究竟发生了什么。这些铁人鱼为什么会突然违逆他呢？

就在这时，更奇怪的事发生了。怪兽们的笑声突然由铁块摩擦的声音变成了人的笑声。八个铁人鱼竟然像人一样地笑了起来，笑声震动了整个洞穴。紧接着又是一阵嘈杂，人鱼的肚子突然分成了两半，里面竟走出了赤着上身的人。

"哈哈哈，怎么样？吓坏了吧？我们可不是你的手下，我们是来自游隼丸的八位勇士。"第一个从铁人鱼腹中走出来的年轻人大声叫道。原来他们不是自己的手下，八位都是生面孔。蒙面头领看到这个情景顿时惊呆了，连说话的力气都没有。

"哈哈，吓坏了吧。你那些铁人鱼不过就是些玩具。你们用铁板做成人鱼的模型，在里面装了三个氧气筒，所以它们可以在水下待那么长时间。你让手下穿成这样出来吓唬我们。能放出磷光的眼睛也不过是用了电池的蓝色小灯泡罢了。明智先生看穿了你们的把戏，派我们这些赤身勇士下海。我们背着氧气筒从海底的洞口钻进来，拿手里的水枪逼你的手下把铁人鱼的行头脱下来换给我们。我们绑住了那八个人的手脚，堵上了他们的嘴，把他们扔在那边的岩洞里了。哈哈哈，怎么样？吓到了吧？"

蒙面头领从没遇见过这么糟糕的境遇，这是一次令人震惊的失败。不过现在可没时间磨蹭，八个赤身勇士马上就要向他扑过来了。

"杰克，跟我来。"头领叫着转了个身，箭似的跑了。他这次要逃往何方呢？他身上的黑披风飘飘摇摇，径直往通向大海的出口跑去，杰克紧紧跟在他身后。

他们跑了一会儿，眼前突然出现了一块宽敞的地带。海底下的海水在那里积成一个水池，是藏在洞窟中的水池。因为从海底进入洞穴的入口在水面之下，洞穴是斜着向上的，所以这个地方已经在水面上了，海水就形成一个池子积在了洞穴里。池岸边漂浮着一个类似小鲸鱼的黑色物体，是贼人用的鱼形潜艇。潜艇背部有一处透明的凸起，即有机玻璃制成的瞭望口。瞭望口上装着铰链，可以向上打开，兼有潜艇出入口的功能。

蒙面头领带着杰克朝池边跑去："快，坐上潜艇，我们往海底跑。"说着他把搁在池边的长木板搭在了潜艇背部，踩着木板走到玻璃瞭望口，打开窗子一下子进到了潜艇内部。"杰克，你也进来，你来开潜艇。"杰克听到头领的命令也顺着木板走进潜艇，他关上瞭望口的窗户刚坐在操纵台前，就一反常态地大叫起来："头领，糟了，机器被砸坏了。"

"什么？机器？"头领冲了过去检查了一下机器，果然，机器不知被谁用锤子砸烂了，一时半会儿肯定修不好。"没法子了。我们去最后一个可以逃生的地方。"头领呷着嘴骂道。

"最后一个可以逃生的地方在哪？"

"就在对面。洞里有一条小路只有我一个人知道，我们往那逃。"他们俩赶紧打开瞭望口，回到了原先的池边，回头看了看身后的洞穴，八个赤身勇士正和警察一起拿着电筒朝他们追来呢。

"快,往这儿。"头领叫住杰克一起跑。他们拐过一个弯,在一个岩石的凹陷处停住了脚步。只见头领用手扒住了岩石上的一条裂缝,用力一拉,一块大约六十厘米宽的石头就打开了,石头后面是个可以容一人进出的洞穴。"快,钻进去,再把石头放回原处,这样我们就不会被人发现,就没有后顾之忧了。"

两个人钻进洞中,费力地把石头放回原处,并关上了洞门。

── 巨人和怪人 ──

"这个洞相当深,里面小路又多,这下我们安全了,保证不会被发现。"蒙面头领一边向岩洞深处走一边自信地说。"可我还是觉得有点想不明白。警察从地上的出口进到洞里来,铁人鱼中混进了敌人,潜艇里的机器也不知什么时候被砸坏了。这究竟是怎么一回事啊?"跟在头领身后的杰克问道。"应该都是明智小五郎捣的鬼。那家伙不知怎么找到了这里,他一定布下了很多陷阱。最莫名其妙的还是贤吉那小子。原本那么老实的一个孩子,怎么突然就变得那么灵活?太不可思议了。"

这时洞顶突然变低了,头领弯下腰一边走一边对身后的杰克说。杰克却好像发现了什么有意思的事情似的扑哧笑了起来："你还不知道其中的奥妙？"他的话说得有些微妙，头领吃惊得停下了脚步，回过头冲着杰克的方向问："什么？这么说你知道原因？"

"我当然知道喽，那孩子不是贤吉。"

"不是贤吉？那是谁？贤吉去哪儿了？"

"贤吉回海湾那儿的游隼丸去了。"

"他怎么回去的？不会是游回去的吧？"

"坐小船回去的。"

"哪儿来的小船？是谁划过来的？"

"明智小五郎划来的。船是问渔民借的。明智和贤吉装成一对渔民父子骗过了我们的眼睛。"听到这儿，头领在黑暗中一把抓住了杰克的胳膊："这些你都知道，却为什么一直不说话，不告诉我呢？"

"其中当然有原因，我一会儿向你解释。现在最要紧的是我们先到宽敞一点的地方去吧，这地方太憋屈了。"

"再往里走走就宽敞了，我们朝那儿走。"头领说着弓着身子朝前带路。又走了十米左右，他们来到了一个比较宽敞的洞里。

"这里可以了吧？你说贤吉逃回游隼丸去了，那我们刚才追的那个孩子又是谁呢？"

"明智小五郎的助手小林。"

"什么？那是小林？"

"没错，贤吉可没有那么灵活。事情是这样的：明智小五郎带着小林和模型以及稻草偷偷进了洞。他给稻草做的身体穿上贤吉的衣服，安上模型人头，把它放在牢房的角落里。又让贤吉穿上渔民儿子的衣服，带回了游隼丸。之后，小林在洞里到处乱窜，让我们误以为有两个贤吉。"

"等等，明智究竟是怎么打开牢门的呢？刚才我们看见牢门完好无损，只能说明他拿到了钥匙。可钥匙在你手里呀，难道是你把钥匙借给明智了？"

"没有，我可不记得自己借过钥匙给他。"

"那他是怎么打开牢门的？"

"头领，这是一个谜，一个有趣的谜，你不知道答案吗？"

头领听出他口气里的嘲讽，气得叫了起来："杰克，你小子耍我。现在可不是猜谜语的时候，你小子还有什么事瞒着我吗？"

杰克平静地说道："其实这个谜是这样的——钥匙只有一把，钥匙在杰克手里，可打开牢门的人是明智小五郎。那么这道题的答案该是什么呢？"

黑暗中，头领顿时沉默无语，他吓得说不出话了。过了好一会儿，才听见他嗓音颤抖地说："这么说，你是……"

"哈哈哈，你总算明白了。答案就是杰克和明智是同一个人，因为本来就是一个人所以不需要借钥匙。"洞里突然被照亮了。杰克打开手电，将光线照在了自己脸上。光圈的中央出现的不是杰克，而是明智侦探乱糟糟的头发，他正面带笑容。明智侦探在黑暗中扯掉了假发，取下了假眉毛，又擦去了脸上的妆容，恢复了本来的面貌。

"你果然是明智。"电筒的光线照在了头领身上。这位身穿黑披风的怪人张开双手,差一点就要抓住明智侦探了。

"你总算开窍了。你的反应有些迟钝啊,不过谜团还没有完全解开,真正的杰克上哪儿去了呢?我和杰克是什么时候调包的呢?你一定很想知道吧?其实我早就想到这洞穴里一定会有通往地面的路,所以我装成当地的渔民在海岸上悬崖附近寻找,这时候杰克从树林里的那个洞口钻了出来。我跟在杰克身后,从背后袭击了他,把他绑了,然后把他带到村里的警察那儿。那时候我就和警察制定好了方案。我回了一趟游隼丸,派出十三名勇士,让他们从海底的洞口进入洞中。他们就是制服了你那些穿铁人鱼装束的手下的几名勇士。然后我装成杰克,带着小林从地面的入口进来,救出贤吉,把他用小船带回游隼丸,我自己再次回到这里。你之所以找了老半天也没找到杰克,就是因为这个原因。哈哈哈,实在有些悲惨,你的铁人鱼团伙已经全军覆没了。"

蒙面头领从刚才开始就一直笼罩在电筒的光圈之下，他就像变成了一块黑色的大石头似的一动不动，一言不发。明智侦探继续把话说下去："你发明了铁人鱼，震惊了整个社会。你在它铁皮的盔甲里装了氧气筒，使铁衣下的人能够自由地在海底活动。这些怪物突然从海中现身，看到它的人就以为自己真的见到了怪物。这事在报纸上闹得沸沸扬扬。你想尽办法找出大洋丸中金块的秘密，又打算偷走船长的遗书，可惜你失败了。所以贤吉的父亲宫田先生准备打捞金块，将游隼丸开到了这片海域。你得知这个消息，就以这个洞穴为据点，准备横插一杠子抢走金块。因此有了那一场海底大战，之后又发生了许多怪事。我们原先都不知道这里有个洞穴，所以都很茫然。不过总算让我找到了这里。我装扮成杰克进来之后，就完全揭开了你的阴谋和铁人鱼的秘密，所以我赢了。现在你可以摘下脸上的蒙面了吧，我还不知道蒙面后面是不是你的真面目呢。"说着明智侦探朝头领扑了过去，一把扯掉了他脸上黑色天鹅绒的蒙面。

"二十面相，果然是你。"手电的光圈里出现了怪人二十面相或者说是怪人四十面相那张熟悉的面孔。二十面相听到这里一时惊愕不已，不过他马上就恢复了原状，不知羞耻地笑起来："呵呵，明智先生，好久不见啊。接下来你打算怎么办呢？"

"这还用说？当然是把你交给警察。"

"呵呵，你还真够天真的。你觉得我会这么老老实实地束手就擒吗？"

"我会这么做。"说着明智侦探伸手一把揪住二十面相，没想到那家伙一缩头从明智侦探的手下钻了过去，奋力地向洞穴深处跑去。

― 螃 蟹 精 的 下 场 ―

　　明智侦探晃动着手电追了上去。二十面相速度相当快，转眼间就在对面岩石的拐角处消失了踪影。等明智侦探跑到拐角处，只见眼前有两个岩洞，不知二十面相进了哪一个。明智侦探在洞口犹豫了片刻，两个人的距离渐渐拉开了。

　　无奈，明智侦探打着手电进了两个洞中的一个，才走了二十米左右前头路就断了。他赶紧返身出洞，回到先前分叉的路上，钻进了另外一个洞口。他走了没多久就发现对面隐隐约约有东西在蠕动，那东西个头很大，样子有些恐怖。明智侦探将手电向那个方向照了照，模糊的影子立即就清晰起来。

那是一只巨大的螃蟹，身体有人的两倍。它朝着明智侦探的方向瞪大了两只眼睛，大蟹螯挥舞着，难看的八只脚轮番爬行，是螃蟹精。尽管明智侦探是第一次亲眼看见，但知道它就是之前用蟹螯剪断了游隼丸缆绳的家伙。

世界上不可能真有这么大个的螃蟹。它是铁板做成的螃蟹，二十面相也许就藏在它的身子里面。明智侦探走近螃蟹，螃蟹却企图逃跑。如果明智侦探停下不动，它也跟着停下来，并转动两只突出的眼珠，挥舞着蟹螯，做出招呼对方"过来"的姿势。

螃蟹用八只脚横行，速度之快，就连明智侦探也追不上。洞穴里是一条上坡道，而且越来越陡。明智侦探紧追不放。明智侦探扑过去，螃蟹就躲开来，速度快得让人无计可施。

不知不觉前方的光线开始亮了起来。明智侦探刚感觉有些异样，就发现原来他们是到了洞穴的出口，洞外的光线照了进来，因为刚才爬了很长一段坡道，所以这个出口应该是开在一个地势很高的地方。螃蟹精以惊人的速度向出口移动。圆形洞口敞开着，与隧道的出口相似，外边光线亮得眩目。螃蟹丑陋的巨大身影在洞口形成一个黑影，明智侦探以为它会挡在洞口，没想到它一下子就消失在了洞外。

　　明智侦探惊讶地赶到洞口旁，往外看了一眼立刻就感到头晕目眩，不由得缩回了脑袋。原来洞口开在一个很高的断崖上，像被刀削过的陡峭岩石一直往下延伸至波浪翻滚的海面，洞口高度距离海面大约有几十米。明智侦探悄悄探出头去，只见螃蟹精正活动着它的八只脚沿着笔直的岩壁一个劲地往下爬。毕竟不是真的螃蟹，它的脚在岩壁上也抓不稳，摇摇晃晃的几乎要往下坠，让一边看着的人也坐立不安。

　　"啊！"明智侦探情不自禁地叫出了声。螃蟹往崖下滑了下去，一旦下滑可就停不住了。螃蟹的八只脚离开了岩壁，猛地坠了下去。它的身影越来越小，终于消失在了波浪翻滚的大海上。

大螃蟹里的二十面相掉到海里也不会淹死。之前这只大螃蟹曾在海底自由地行走，螃蟹身体里应该也装了氧气筒，二十面相利用它来呼吸，就可以在海底自由行走了。他一定是想用这种办法逃生。

然而谨慎的明智侦探也考虑到了这个情况。他刚才在移动入口石块，进入岩洞时，就从笔记本上撕下了一张纸，在上面用铅笔写了些什么，从岩缝里丢出了洞外。追赶头领的八位勇士和小林一定会发现这张纸条。他们按照纸条上的指令行动，由八位赤身勇士戴上潜水眼镜，背着氧气筒，蹬着脚蹼，游出海底洞穴，与等在外面的另五位勇士一起在那里守候着敌人。

一切都照着明智侦探预想的步骤推进。十三位赤身勇士在洞口附近来回游动，这时，从海上快速地掉下一个庞然大物，一转眼就沉入了海底。它就是大家都熟悉的螃蟹精。十三位勇士见状立刻从四面八方游了过去，擒住了它。

昏暗的海底展开了激烈的战斗。螃蟹精挥舞着巨大的蟹螯，舞动着八只脚企图甩开勇士们。可毕竟是一对十三，螃蟹精再强大也寡不敌众。经过一场长时间的激战，螃蟹精终于筋疲力尽。就像十三只蚂蚁搬运一只蟑螂似的，勇士们扯着螃蟹精的脚浮出了海面。他们的潜水艇正打开着舱门等候在海面上。十三位勇士爬上潜水艇，扛起螃蟹精把它扔进了舱内。

一小时后，明智侦探和小林以及勇士们都回到了游隼丸的甲板上。甲板上扔着一副螃蟹精的行头，二十面相奄奄一息地躺在一边。宫田先生和贤吉也赶到了，和这次事件有关的众多船员都高举着双手，欢呼起来。此后，不用说大洋丸上的金块统统都交到了宫田先生的手里。